AN EAGLE
IN THE SNOW

比利的勇敢之心

面对敌人，我们可以善良吗？

比利的勇敢之心

An Eagle in the Snow

[英]迈克尔·莫波格 著　　[英]迈克尔·福尔曼 绘　　付添爵 译

湖南文艺出版社
HUNAN LITERATURE AND ART PUBLISHING HOUSE
·长沙·
小博集
BOOKY KIDS

AN EAGLE IN THE SNOW
Text copyright© Michael Morpurgo 2015
Illustrations copyright ©Michael Foreman 2015
Photographs in Afterword ©Shutterstock
Translation©China South Booky Media Co.,Ltd. 2024, translated under licence from
HarperCollins Publishers Ltd.

著作权合同登记号：字 18-2024-190

图书在版编目（CIP）数据

比利的勇敢之心 /（英）迈克尔·莫波格著 ；（英）
迈克尔·福尔曼绘；付添爵译. -- 长沙 ：湖南文艺出
版社，2024. 12. -- ISBN 978-7-5726-2016-4

Ⅰ. I561.84

中国国家版本馆 CIP 数据核字第 2024J2K267 号

上架建议：儿童文学

BILI DE YONGGAN ZHI XIN
比利的勇敢之心

著　　者：	［英］迈克尔·莫波格
绘　　者：	［英］迈克尔·福尔曼
译　　者：	付添爵
出 版 人：	陈新文
责任编辑：	吕苗莉
策划出品：	李　炜　张苗苗　文赛峰
策划编辑：	文赛峰　马　瑄　尤　璐
特约编辑：	卢　丽
营销编辑：	付　佳　杨　朔　周晓茜
封面设计：	霍雨佳
版式设计：	霍雨佳
版权支持：	王媛媛
封面绘者：	安吉叔叔
内文排版：	金锋工作室
出　　版：	湖南文艺出版社
	（长沙市雨花区东二环一段 508 号　邮编：410014）
网　　址：	www.hnwy.net
印　　刷：	天津盛辉印刷有限公司
经　　销：	新华书店
开　　本：	875 mm×1230 mm　1/32
字　　数：	75 千字
印　　张：	5.625
版　　次：	2024 年 12 月第 1 版
印　　次：	2024 年 12 月第 1 次印刷
书　　号：	ISBN 978-7-5726-2016-4
定　　价：	25.00 元

若有质量问题，请致电质量监督电话：010-59096394
团购电话：010-59320018

前 言

谨以此书献给维多利亚十字勋章获得者——二等兵亨利·坦迪。

我笔下的许多故事都来源于他人的真实生活，或是文字记录，或是口口相传，这个故事就是来自他人的讲述。当初，如果我没有从迈克尔·福尔曼口中了解到第一位在英国军队服役的黑人军官沃尔特·塔尔的生死传奇，我就永远不会写下《勒罗伊的勋章》；如果我没有遇到那位参加过第一次世界大战的老骑兵，我就不会写下《战马》；如果不是在伊普尔的一家博物馆里，我偶然发现了一封军队写给战争中一名前线士兵的母亲的公函，上面写着她的

儿子在黎明时分因怯懦而被枪杀，我就永远不会写下《柑橘与柠檬啊》。1915 年，卢西塔尼亚号被鱼雷击沉，导致上千人失去了生命，后来我看到了一枚纪念这一事件的勋章，也正是这枚勋章促使我想写一个关于幸存者的故事，于是便有了《听月亮的女孩》。

我写的小说是带有虚构色彩的，但小说说到底要植根于真实的历史，植根于缔造历史的人民群众，植根于在战场上浴血奋战、不畏牺牲的英雄楷模。他们在另一个时期真实存在过，他们要经常遭受磨难，还要鼓起勇气去面对这些磨难。作为一个故事的创造者，我面对的挑战便是去想象那种勇气，尽我所能地在脑海中重现他们曾经的精彩人生。

因此，当英国广播公司的制片人多米尼克·克罗斯利 – 霍兰向我讲述第一次世界大战中获得勋章最多的士兵亨利·坦迪那非凡的一生时，我会想探究他为什么要那样做。我做到了这一点，但并不是通过写传记，因为此前已经有人写过了。相反，我想让他的人生成为一个虚构故事的背景，让他的故事超越故事本身，继而来探索勇气的本质，以及我们之前做过的事情后来被推翻，又会面临怎样的窘境。

因为亨利·坦迪的生平与这个故事密切相关，我认为把他的真实生活写在书中是可行的，这些你可以在本书的后记中看到。

迈克尔·莫波格

2015 年 2 月 16 日

目 录

第一部分

11 点 50 分开往伦敦的列车

———

有一段时间，大家都没有说话，
那个陌生人继续看他的报纸，
我看着窗外不断被甩在后面的被炸毁的街道，
我想起了爷爷的西葫芦和他的菜地，
它们在几天前的一次空袭中被炸毁了。

1

火车还没启动，依旧停在车站里。我不禁怀疑，我们还能不能顺利出发。车厢里，我和妈妈坐在一起，我感到十分疲倦，打着石膏的手臂又疼又痒。我记得，那时妈妈正在给爸爸织袜子，她毫不费力地舞动着手指，织针像有机器控制一样，有规律地发出声响。每当坐下时，妈妈就会拿起织针织东西。

"这趟火车晚点了，"妈妈说，"不知道怎么了，站台上的钟显示已经过了12点了。不过，这也没什么奇怪的。"她接下来说的话，让我很惊讶。她对我说："巴尼，要是我睡着了，你一定要盯好那个手提箱，听到了吗？我们的全部身家都在里面，千万不能弄丢。"

妈妈这么说很奇怪，因为车厢里除了我们两个人以外没有其他人。我正想着，这时，车门打开了，一个男人走了进来，接着，"砰"的一声关上了车门。他什么都没有跟我们说，甚至都没有看我们一眼，只是脱下帽子，放在了我们手提箱旁边的架子上，然后在对面的座位上坐了下来。他看了看手表，又打开报纸，报纸将他的脸遮得严严实实。过了一会儿，他放下报纸去擤鼻涕，这时，他发现我在盯着他看，于是向我点了点头。

我立刻注意到，他是个很爱干净的人，他的鞋子擦得锃亮，胡子修剪得很整齐，衣领和领带都熨烫得很平整，我断定他不

像是那种会偷妈妈手提箱的人。他身上有些地方，让我觉得很熟悉，感觉以前可能见过他，好像又没有。也许只是因为他的年纪看起来和我爷爷差不多大，眼睛里带着同样锐利的目光。

但这个陌生人很整洁，而我爷爷和"整洁"这个词毫无关系。我爷爷所剩无几的头发总是乱蓬蓬的，活像个稻草人。他的手和脸，因为常年送煤被染得黢黑，再怎么洗看起来也还是脏兮兮的。这个陌生人有一双干净的手，指甲也是干干净净的，和他身体的其他部分一样，打理得很好。

"孩子，希望我能通过你的检查。"他意味深长地看着我说。

妈妈用肘碰了碰我，然后为我的无礼向那个陌生人道歉，接着又转向我："我告诉过你多少次，不要盯着别人看。巴尼，赶紧跟这位先生道歉。"

"没关系，太太，"他说，"男孩子都这样，我也是这么过来的。"过了一会儿，他继续说，"不好意思，夫人，这是去伦敦的火车吗？11点50分出发，对吗？"

"是的。"妈妈边说边轻推我，因为我还在盯着他看。这时，列车指挥员从我们的窗前走过，挥舞着他的绿旗，鼓起脸颊吹着哨子，这让他的脸看起来圆圆的，像个粉红色的气球。火车开动了，拖着老旧的车厢疲倦、不情愿地行驶着，发出嘎吱嘎吱的声音。

"差不多要出发了。"妈妈说。

"你介意我开点窗户吗，夫人？"那个陌生人问，"我想呼吸一下新鲜空气。"

"当然可以。"妈妈对他说。

他站起身来，把车窗打开了一点，然后坐了下

来。他再次吸引了我的目光，但这次他对我笑了笑，我也回以微笑。

"你有 9 岁吗？"他问我。

"10 岁，和同龄人相比，他的身高还有点矮，但他现在长得很快。这个年纪的男孩子就应该长得快一些，他在英国长大，真不知道吃的东西都长到哪里去了。"妈妈替我回答。

她谈起我的时候，就像爷爷谈起他那块地里的西葫芦一样，反反复复地讲，但都带着同样的骄傲和喜悦，所以我并不太介意。

轰隆隆，火车现在正在加速，开始快速前进，发出了欢快的响声。我喜欢那声音，喜欢那节奏。有一段时间，大家都没有说话，那个陌生人继续看他的报纸，我看着窗外不断被甩在后面的被炸毁的街道，我想起了爷爷的西葫芦和他的菜地，它们在几天前的一次空袭中被炸毁了。我记得他站在那里看着那个弹坑，那里曾是他辛勤耕耘的土地，卷心菜、韭菜和防风草整齐地长着。那块土地是不修边幅的爷爷唯一整齐的东西，和他的生命一样重要。

"我会继续种的，巴尼。"他说着，眼睛里充满了愤怒。"我们一定能吃到亲手种的胡萝卜、洋葱和土豆。那些坏事做尽的家伙，我才不会让他们得逞。"他用粗糙的手背拂去不断涌出的眼泪，"你知道吗？巴尼，"他继续说道，"这真是可笑！在上一次战争中，在战壕里，我从来没有恨过他们。他们只是普通的德国士兵，不得不去打仗。但现在不同了，他们袭击了考文垂。这是我的城市，我的故乡，乡亲们都住在这里。我恨他们，恨他们对我的家乡所做的一切，他们没有权利这样做。"他紧紧地握着我的手，以前每当我难过的时候，他经常这样做。现在是他难过的时候，我也紧紧抓住了他的手来安慰他。

但当谈到大黑杰克时，所有的安慰都无济于事了。

在空袭期间，我们整晚都躲在桑树路的防空洞里，紧紧地抱在一起，我们都知道下一枚炸弹随时会朝我们袭来。你捂着耳朵不去听爆炸的声音，但还是能听到。每当有一枚炸弹落下时，你告诉自己这是最后一枚，但一枚接着一枚，没完没了。爷爷就像是我和妈妈可以紧紧依靠的磐石，他的双臂紧紧地抱着我们。爷爷唱着歌，他的声音嘶哑但响亮，盖过了所有的呜咽声、哭喊声和尖叫声。每当炸弹逼近、地面震动，防空洞里充满灰尘时，他的歌声就会更加嘹亮。

终于，警报解除了，恐怖结束了。我们走出了防空洞，我不知道我们在那里待了几个小时。我环顾四周，所见之处都是瓦砾和废墟，到处都是燃烧着的小火苗。空袭后的桑树路，弥漫着令人窒息的刺鼻烟雾，笼罩在我们的头顶和四周。这里呼吸不到新鲜的空气，也看不到天空本来的样子。

抱着一线希望，我们踏上了回家的路，回到了路尽头的家。但房子没了，家也没了。不只是我们的房子没了，整条街都变得面目全非，根本就没有所谓街了，只剩下一根灯柱，就是原本在我们房子外面的那根，它的灯光曾在无数个夜晚照进我的窗户。朋友和邻居都在那里，一名警察和一名救援人员在废墟上爬来爬去，摸索着、寻找着。妈妈说她会留下来，看看能不能找回什么东西，她让爷爷先把我带走。压抑的情绪席卷了她整个人，她在沉默中泪流满面。我看得出，她不想让我待在这里，但我的火车模型还在这里。在废墟下面，有我在圣诞节收到的红色伦敦巴士、摆在架子上的锡兵，还有我从布里德灵顿海滩买来的特制海扇壳。

我跑到瓦砾上，手脚并用地爬了起来。

我要去看看，我要去找我昔日的玩伴们。但是那个救援人员抓住我的胳膊，把我拉了回去。然后，他不顾我的反抗，又把我带到了妈妈那里。"我的巴

士！"我喊道，"我的锡兵！我的东西！"

"这太危险了，巴尼。"妈妈一边说，一边摇着我的肩膀让我平静下来，"跟着爷爷走，听我的，巴尼。我会尽力找到它们，我保证。"

于是，爷爷带我去了他的那块菜地。"就是想看看那里怎么样了。"他说，但我知道是因为妈妈不想让我和那些哭泣的人待在一起。麦金太尔夫人坐在人行道上，她的袜子破烂不堪，腿上流着血。她凝视着天空，用手指拨弄着她的念珠，嘴唇微动着，默默祈祷。麦金太尔先生就在那里的某个地方，但没人能找到他。

菜地离爷爷养大黑杰克的那个地方不远，大黑杰克是我们养的老马，也是奶奶去世后爷爷的"灵魂伴侣"，当然也是我的好朋友。

大黑杰克是爷爷的同事兼好友，时常陪着爷爷穿梭在城市里送煤。爷爷整天和它一起工作，一起聊天。我有时会在放学后和周末跟他一起去，我搬不动这些装了煤的麻袋，它们太重了。我的工作是帮爷爷叠好空麻袋，把它们整齐地堆在手推车的后面，并确保用来喂大黑杰克的麻袋里有玉米，还要确保它有足够的水喝。大黑杰克是我最好的伙伴。

起初，这里的一切看起来都很正常。摇摇晃晃的旧棚子还立着，门旁边的水桶里装满了水，放干草的网软绵绵地吊着，但唯独没有大黑杰克的踪迹。

然后我们看到了被砸坏的栅栏。因为轰炸，它逃走了，这并不奇怪。"它一定是躲起来了。"爷爷说，"它会没事的，那匹马能照顾好自己。它以前就跑出去过，它会回来的，它能找到回家的路。"

但我知道，即使他这么说，他也只是在说服自己，希望这是真的，但又担心最坏的情况发生。

2

过了一会儿，我们发现大黑杰克四仰八叉地躺在树林边的草地上。透过树林，我们看到了炸弹爆炸造成的弹坑，周围的树木已被炸毁、烧毁。大黑杰克一动不动地躺着，它身上似乎没有伤痕。我看着它睁大的眼睛，爷爷跪在它的大脑袋旁，摸着它的脖子。"冷！"爷爷说，"它很冷，可怜的老伙计！"他无声地哭泣着，全身颤抖着。

我当时没有哭，但现在，我在火车上快哭出来了。因为我再次想起了这一切，想起了它眼中的善

比利的勇敢之心

良，我多么渴望它能呼吸，而不是如此安静。我的悲
伤涌上了心头。

"你没事吧，孩子？"对面的陌生人探身问道。妈妈又替我回答了，她的帮助让我松了一口气，因为我几乎悲伤到失声了，即使我想说话，也说不出来。

"我们的家被炸毁了，"妈妈向他解释道，"他很难过。"

"他的胳膊也断了，"那人说，"怎么会这样？"

"踢足球的时候摔的，"妈妈告诉他，"他对足球很着迷，是不是，巴尼？"

我点点头，这是我唯一能做的。

"房子没了，"妈妈接着说，"它在桑树路上，我们几乎失去了一切，其他人也是如此。但我们很幸运，我们还活着，不是吗？"她把手放在我的手上，"胳膊断了不算什么，你好好想想。没什么好抱怨的，任何抱怨都没有意义。相反，我们应该庆幸。我们要去康沃尔的梅瓦吉西，那里离大海很近，和我姐姐住在一起。海边很美，那里没有炸弹，只有大海、沙滩

和阳光，还有很多鱼。我们喜欢鱼和薯条，我们喜欢梅维斯阿姨，对吗？巴尼。"没错，我喜欢，但我还是说不出话来。

妈妈沉默了一会儿，我们就坐在那里，火车摇晃着，嘎吱作响，烟雾从窗外飘过。车轮转动的节奏不断变化，越来越快，发出阵阵响声。

"他们袭击了大教堂，"妈妈说，"几乎一切都荡然无存了。这也是一个好地方，从很远处就能看到那美丽的塔尖。他们为什么要这么做？这么做是缺德的，真缺德！"

"是的。"那个陌生人说，"我知道桑树路，我是在那里长大的。我看到了他们对它做了什么。空袭之后，我在那里负责把人们从废墟中救出来，这就是我的工作。"

他似乎是在自言自语，回忆着，大声地把他想的说了出来。"民防、火情监测、消防，但没人能完全搞定战争引发的大火，那简直是地狱。我当时在场，但我做得还是不够好。"

就在这一刻，我意识到以前在哪里见过这个陌生人。他就是我在废墟上看到的那个把我抬下来的救援人员。他不穿制服，不戴钢盔，看上去就不太一样了。但那就是他，我很确定。他紧盯着我，皱着眉头，似乎在同一时刻也认出了我。

"你已经尽力了。"妈妈漫不经心地说，她正忙着织东西。"每个人都尽力了。巴尼的爸爸，他去国外参军了，在皇家工兵部队，他也尽力了。巴尼的爷爷，坚守在考文垂，他说会像以前一样继续坚持。他是个送煤工，这是'家族企业'。他说，房子必须保持温暖，炉子必须点燃，不能让他的顾客失望。我对他说：'房子已经所剩无几了。'他说：'那我们就再建一次，不是吗？'所以他留了下来，尽自己最大的努力去做正确的事，这就是他的想法，我也是这么想

的。没有人会要求你做什么，只要做你认为对的事，就不会差得太远，尽自己最大的努力就可以了。我也是这么跟巴尼说的，是吗，亲爱的？"

"是的，妈妈。"我说，我终于能说出话了。

这是真的，她总是这么跟我说，学校的老师也几乎每天都和我说同样的话。

"但有时候……"那人慢慢地、若有所思地说，

"问题是你做到最好还不够。有时候，一件事在当时看来是对的，但却造成了严重的后果。"他靠在座位上，好像已经听够了这些话。妈妈显然没有认出他，我想告诉她，但我不想当面指出他的身份。他转过身去看着窗外，很长一段时间我们都没有说话。

我喜欢火车，喜欢关于火车的一切，喜欢火车行驶时的节奏和在行驶过程中发出的各种声音。当火车冲进隧道时，会发出轰鸣声，随后进入一片黑暗之

中，然后突然间，又会回到明亮之中。窗外，马儿在田野上飞奔，羊群在悠然吃草，乌鸦在天空飞着。我也喜欢车站，喜欢车站的喧嚣，喜欢车门开关时发出的声音，喜欢戴着尖顶帽的警卫挥舞着旗帜，喜欢引擎启动的声音，还有汽笛的声音。

上次爸爸休假回家时，我告诉他，我已经下定决心长大后要当一名火车司机。爸爸喜欢摆弄发动机，不管是摩托车上的还是汽车上的，他会修理任何东西。所以我看得出来，对于我的这个想法，他很高兴。他告诉我蒸汽机是人类创造的最美丽的机器。在火车上的这段时光对我来说是一种安慰，我可能无法忘记在防空洞度过的恐怖之夜，也无法忘记第二天我们目睹的可怕景象：麦金太尔夫人坐在人行道上，手里拿着念珠，她的家都成了一片废墟；我们的房子变成了瓦砾，爷爷跪在大黑杰克面前。但火车有节奏的晃动，不知怎的，竟带来了些许平静，也让我昏昏欲睡。

在我旁边，妈妈已经完全不说话了，她睡得很熟，头耷拉着，好像随时会掉下来。她手里握着织针，毛线球静静地躺在她的腿上，给爸爸的袜子已经织好半只了。

这样一来，就只剩下我和对面的陌生人了。事实证明，他根本不是陌生人。他不时地看看我，好像要问我一个问题，然后又转过头去。最后，他倾身向前，低声对我说："在空袭之后，我把你从废墟上抱下来了，对不对，孩子？在桑树路。"

我点点头。

"我就知道我没认错，"他说，"我们都是桑树路的孩子，我从未忘记你的脸。我记得，当我把你抱下来的时候，你让我想起了我自己。我在你这个年纪的时候，胳膊也断过一次。不是因为踢足球，而是因为从自行车上摔了下来。很高兴又和你见面了，你简直就是我的翻版。"他对我微笑着点了点头，然后他继

续说，"你爸爸，他在哪里工作？军队把他送到哪里去了？"

"非洲。"我告诉他，"在沙漠里，他定期维修坦克，让它们正常运作，当它们坏了的时候就要把它们修好。他说，那里有铺天盖地的沙子，天气也很热，还有不计其数的苍蝇。"

"那里才是我该在的地方。"那人说，"很久以前，我还在军队的时候去过南非。我现在应该像你爸爸一样，但他们不让我加入，因为我的腿瘸了。"他拍着他的膝盖，"上次战争造成的，弹片还在里面。还有，他们说我太老了，45岁就太老了？简直是胡说八道，所以我只能坐在家里无所事事，或是去吹哨子，告诉人们在停电时拉上窗帘。我应该在外面战斗！我告诉他们我比任何人都更应该站出来，尽我的本分，就像你爸爸一样。我还不算太老，我还能跑一会儿。我能站起来去战斗，不是吗？"他的嘴唇在颤抖。我看得出他在努力控制自己，这让我有点害怕。"但是他们不听，"他接着说，"他们说'待在家里吧，你上次已经尽了你的本分了，你得到的勋章就能证明这一点'。"然后他把目光从我身上移开，摇了摇头，说："勋章没有任何意义，要是他们知道就好了。"

他又接着说："好吧，不管怎样，我照他们说的做了。我别无选择，不是吗？我又能做什么呢，所有的炸弹都落了下来，房屋被炸成碎片，学校、医院，还有那些数以百计的被杀害的人。我们救出了几十个你这个年纪的孩子，还有婴儿，但他们中的大多数已经死了，那又有什么用？我得和他们战斗，我们应该向他们开火，把他们打得落花流水。我们应该派飞机把他们击落。他们派出了数百架轰炸机，轰炸了整个城市，而我所能做的就是在街上跑来跑去，吹着哨子，把人们救出来。"然后他停了下来，难过得说不下去了。

　　我不知道该说什么，只是看着窗外。火车隆隆地驶过乡村，电线杆过去了一根又一根，我数了数，有100根电线杆，我对外面的景色很有兴致。雨点顺着窗户互相追逐，那时我正抬头看着云朵，看着火车上的烟雾升起，成为云朵的一部分。一会儿是咆哮的狮子，一会儿是英国地图，一会儿又是一张独眼巨人的脸。那是一只深邃的黑眼睛，一只移动的眼睛，我花了好一会儿才意识到巨人的眼睛是一架飞机。当我意识到这一点时，我发现我再也看不清云中巨人的脸了。那只是一朵普普通通的云，一架飞机从云中飞出。

　　就在那一刻，我感到有什么东西刺痛了我的眼睛。我立刻意识到那是从开着的窗户掉进来的沙砾。我能感觉到它的尖锐，无论我怎么努力，怎么揉，怎么眨眼，也无法把它弄出来。它牢牢地卡在我眼角深处的某个地方，我的手指无法把它弄出来，眨眼也不能，什么都不能。我所做的一切只会让事情变得更糟，让眼睛更疼。

陌生人向前探了探身子，握住我的手，轻轻地把我的手拉开。"那没用的，孩子。"他说，"让我试一试，我帮你拿出来。稳住，做得不错，好孩子，头向后仰。"他抓住我的肩膀，紧紧地抱着我。然后他试图用拇指撬开我的眼皮，我很难做到不躲闪、不退缩、不眨眼。我能感觉到他手帕的一角贴在我的眼球上，我控制不住地想眨眼。尽管费了一些时间，但某个瞬间沙砾突然就被取出来了。他坐了回去，微笑地看着我，得意扬扬地给我看他手帕上的黑色沙砾。

"看到了吧，进去的东西总会出来。"他说，"你现在没事了。"我眨了眨眼，意识到他说得没错，沙砾取出来了。后来，我一次又一次地眨眼，以确保万无一失。

过了一会儿，我还在眨眼，当我向窗外望去时，

我看到飞机从云层中降落下来。但现在比以前低得多，也更近了。一架战斗机！它正朝我们飞来！

"喷火战斗机！"我叫着，用手指戳着窗户。"快看！看呀！"妈妈立刻被惊醒了，我们三个都趴在窗边。

"那不是喷火战斗机，孩子。"陌生人说，"那是一架燃烧着的战斗机，是德国的战斗机。它在俯冲，要进攻了。离窗户远点！快！"

3

他抓住我们，让我们趴到车厢的地板上。头顶上突然传来一阵阵轰鸣声、枪声、玻璃碎裂声、尖叫声、火车的汽笛声，声音越来越密集。我跪起来，想再看看外面发生了什么，但陌生人又把我拉了下来，把我按在那里。"它会回来的。"他说，"待在原地别动，听到了吗？"他正在保护我和妈妈，双臂环绕着我们，把我们抱在怀里，双手举过我们的头顶，保护着我们。

他对飞机动向的猜测是对的。过了一会儿，它又

回来了，并再次发起攻击。我们听到炸弹爆炸的声音

和不断响起的枪声，随之而来的是飞机飞过头顶时发

动机的嗡嗡声和轰鸣声。与此同时，火车继续疾驰，越来越快，直到隧道的黑暗将我们瞬间包裹。刹车很猛，声音很大，刺痛了我的耳朵。我们猛烈地撞在一起，东倒西歪。刹车声似乎没完没了，那个陌生人紧紧地贴着我们，直到火车终于颤抖着、嘶嘶地停了下来，我们一起躺在了黑暗中。感觉就像火车和我们在一起呼吸，气喘吁吁，我们都试图冷静下来。车厢里一片漆黑。

"我不喜欢隧道。"我说，尽量不让自己听起来很害怕。"我们要在这里待多久，妈妈？"

"孩子，对我们来说，这里是目前最好的容身之地。"陌生人告诉我，"在这里我们很安全，这是肯定的。我们要好好感谢火车司机，我想他会在这里待到足够安全为止。别担心，孩子。"他扶我站起来，让我坐下，我感觉到妈妈的手臂搂住了我。她知道我经历了什么。让我害怕的不是德国飞机，也不是枪击事

件，而是黑暗。黑暗像一堵厚厚的实心墙环绕着我，向我逼近，把我包围。妈妈知道我无法忍受这种黑暗，因为平常晚上睡觉的时候，卧室外的灯必须得亮着，再伴着外面街上路灯的灯光我才能入睡。我感到一阵恐惧的呜咽声在我的喉咙里升起，我努力把它咽了下去，但它一次又一次地出现，就像打嗝一样没完没了。

妈妈解释说："黑暗，巴尼不喜欢，从来都不。"

"我也不喜欢。"陌生人说。就在他说话的时候，黑暗中突然闪过一道光，然后是一团橙红色的火焰，照亮了他的脸，我看到了他脸上的笑容，然后是整个车厢。"我抽烟，"他接着说，"所以我总是随身带着火柴盒，天鹅牌火柴，盒子上有天鹅的那种。"他递给我看，他手一摇，火柴盒就发出了声响。"看到了吧？它们质量很好，更耐用。"我心中的恐慌立刻平息下来，只要火柴还在继续燃烧，我就不会再害怕了。

陌生人接着说："我想我们得在这里待上一段时间，如果我是火车司机，我会在这条隧道里待着不动，直到我确定那架战斗机已经走了，战斗机可能有两架，或者更多，谁知道呢？他们看到我们进来了，对吧？所以他们可能在上面等着我们出去。就像我告诉过你的，有进就有出，他们知道这一点。"他的脸向我靠得更近了，"巴尼，一盒火柴不会永远燃烧下去，即使是比大多数火柴烧得更久的天鹅牌火柴也是如此，所以我得把它们攒起来。我还有一根、两根、三根、四根，除去这根，这根已经快要燃尽了。我迟早要把它吹灭，否则会烧到自己的手指。你要做的就是让我点亮另一根，这简直易如反掌。只是你还不需要它，对吧，孩子？因为你知道你妈妈和我都陪在你身边，所以你并不孤独。孩子，黑暗就是这样，会让你感到孤独。但实际上你并不孤独，对吧？"

　　"我想是的。"我说。他直视着我的眼睛。他的
眼睛，他的微笑都在给我注入勇气。然后他吹灭了火
柴，我们突然又陷入了黑暗之中。我不喜欢黑暗，但

不知何故，此刻我觉得这并不重要，黑暗没有我想象中的那么可怕。

"他是个勇敢的孩子，我的巴尼。"妈妈说，"是不是？"

"他当然是，夫人。"陌生人回答，"这是事实，我们最好把窗户关上。"我能听到他站起来，关上了窗户。"我们可不能让车厢里充满烟雾，隧道里很快就会烟雾弥漫。"

"麻烦的是，这里会变得又热又闷。"妈妈说，"但你说得对，闷比烟熏好多了。"

我们一定在黑暗中坐了很久，谁也没说话，直到那个陌生人开口。"我们得想办法打发时间。"他开始说，"你知道在上一次战争中，我们在战壕里做什么吗？在大部分时间里，你知道你在做什么吗？你坐在那里等着一些事情发生，但又希望它不会发生。等待永远是最糟糕的，我们蹲在防空洞里，被吓坏了，等

着下一架飞机嗖嗖飞来。或者我们得在清晨随时待命，因为德国人喜欢在清晨的第一缕阳光穿过迷雾洒下来的时候发动攻击。你知道我们有时会做什么吗？我们经常在黑暗的防空洞中互相讲故事，这在防空洞里是常事，就像现在一样。如果你想，我们现在就可以这么做。你觉得怎么样，孩子？"

"除非它们很刺激，就像爷爷讲的故事那样，对吧，巴尼？"妈妈像往常一样代替我回答。她是对的，我确实喜欢故事，但只喜欢情节跌宕、进展迅速的那种，比如关于海难、海盗、宝藏、巫师、妖精、狼、老虎、荒岛、丛林和足球的故事。爷爷知道我喜欢什么，他的故事讲得很好，所以我总是深信不疑，但我讨厌故事的结束。不知道为什么，他总是能想方设法地在他的故事中编造一匹叫"大黑杰克"的马，或者一场在考文垂市获胜的足球比赛，我很喜欢这些故事。不知怎的，这些故事对我来说是真实的。

"好吧,"陌生人说,"你爷爷不在这里,而且我肯定我讲的故事没有他的故事好。但我可以试试,不过我的故事中恐怕没有海盗、荒岛、妖精等等。我不太擅长编故事,但如果你想听,我可以给你讲一个真实的故事,而且这个故事我从来没对任何人讲过。怎么样?你喜欢真实的故事吗,孩子?"

"他当然喜欢。"妈妈笑着说。我能感觉到一些尴尬的事情要发生了。"我的巴尼,他喜欢各种各样的故事,甚至还不时地自己讲故事。"她当时意味深长地轻推了我一下。"他很擅长这个,当然不是讲真的故事。他有时候也会说个小谎,是吗,巴尼?我想我们都会这样做的。当然这样是不应该的,但我们确实这样做了。不管怎样,我们很想听听你的故事,对吧,巴尼?就像你说的,当我们被困在这里的时候,讲故事可以打发时间。已经有点闷热了,不是吗?"

"那好吧。"过了一会儿,陌生人开始说,"这是

我的故事，但又不完全是我的故事。关于我的一个朋友，他是我最好的朋友，我比世界上任何人都了解他。"

"他叫什么名字？"我问。

他停顿了一下。

"威廉·拜伦。"他说，"但那不是他的真名，他不知道自己的真名。这是别人给他起的名字。他的朋友总是叫他比利①，其他人则是叫他比利·拜伦。"

---

① 比利：西方男子教名威廉的昵称。

第一部分结束

还剩四根火柴

第二部分

桑树路的孩子

———

他现在已经不在乎生死了，
他很累，我们都很累。
我们只是想结束这一切，
尽快迎来和平，越快越好。
为了所有的小克里斯蒂娜，
为了所有的士兵，为了我们所有人。

1

"我从小就认识比利·拜伦，"陌生人开始说，"我和比利一起长大，住在同一条街道，同一个小镇，进了同一所孤儿院，读了同一所学校——圣裘德小学，这个学校就在桑树路的尽头。"

"巴尼在圣裘德上学，"妈妈大声说道，"曾经在那里上过学。"

"但我从没去过，"他说，"世界真小，圣裘德、桑树路，就像我们注定要见面一样。我们的孤儿院也在桑树路，他们叫我们'桑树路的孩子'。"

"我还记得很久以前的那家孤儿院，"妈妈接着说，"但他们几年前就把它拆了，在那里建了房子和一家商店，那家商店就是麦金太尔夫人的家，现在也没了。"

外面的隧道里突然出现了火光跳动的火把，门滑开了。"我是警卫，夫人。我们只是想确定你没事。"一个声音传来。他说话的时候，火光在车厢里一闪一闪的，照亮了他的脸和尖顶帽。"我想我们不会困在这里很久的。"

"有人受伤吗？"妈妈问，"其他车厢的情况怎么样？"

"应该没有，"警卫说，"据我所知是没有。"

"我们要在这里待多久？"妈妈说，"我们得在伦敦换车，我们不能迟到，我们要去康沃尔。"

"你们很走运，"警卫回答，"最多一个小时，夫人。很抱歉，但我们的希特勒先生又要玩他的小游戏

了，我们待会儿再来，少安毋躁。"

说完他就走了，关上了身后的门，我们再次陷入了黑暗。

"讲到哪儿了？"陌生人说，"我的故事才刚刚开始，不是吗？"

"讲到你在桑树路的孤儿院里？"妈妈告诉他。

"没错，妈妈死了以后，我爸爸把我扔进去的。然后他走了，我再也没见过他。要我说，这真是谢天谢地，孤儿院并不是一个糟糕的地方。它给了我们名字，给了我们容身之所和果腹之食，但仅此而已。晚上很冷，食物也很难吃，但学校还好。他们取笑我们这些孤儿院的孩子是下流的东西，他们叫我们桑树路鼻涕虫。但他们无论是拿棍棒打我们，还是拿石头砸我们，又或是疯狂嘲笑我们，我们都不介意。我们一起做了很多事情，一起睡觉，一起罚站，一起挨打。我们在一起的日子是无忧无虑的。

　　"就算生活在那种环境中，比利还是很喜欢画画。他最喜欢画鸟，黑鸟、知更鸟、乌鸦。他不仅会画鸟，还会画人。曾经，他几乎画过学校里的每一个人，包括老师。有些人不喜欢被比利画，他们觉得他在耍他们，但他没有，他只是在画他们。我们同一天离开学校，同一天走出孤儿院，一起在一家旅馆工作，烧锅炉、打理花园，我们也会打一些零工，去刷油漆什么的。我们一起住在阁楼上的一个小房间，我们不再是孤儿，而是像奴

隶一样。他们让我们两年休一次假，而且只能休一天。后来，我们就去了布里德灵顿。"

"我们去过那里！"我说，"我从那里的海滩上买了一个海扇壳。"我想起了我们的房子，还有我的海扇壳，我的巴士，还有我的锡兵，它们都被炸毁了，我再也见不到它们了。

陌生人接着说："你和我有很多共同之处。布里德灵顿是个美丽的地方，我在那里吃过最好吃的炸鱼薯条。我们坐在海滩上，眺望大海，渴望去到地平线以外的世界。比利在海滩上捡到了一块黑色的石头，闪闪发光，比利称它为幸运的鹅卵石。大多数时候，我也很幸运。在这里，比其他许多人都要幸运。

"总之，那天之后我们开始思考。我们实在受够了在那家旅馆里做苦工，受够了，真是受够了。后来，一个星期天，我和比利在公园的音乐台旁遇到了一个士兵。这个士兵在乐队里演奏，我们和他谈了谈，他说他曾经当过兵，去过埃及和中国。我和比利去过哪儿？布里德灵顿。我和比利都没有家人，我们不喜欢烧锅炉，不喜欢打理花园，不喜欢擦门，并且我们身上几乎没有一分钱。那个士兵告诉我们，在军队里可以想吃多少就吃多少，还有免费的点心。后来，我们报名参军了。他们给我们制服和步枪，教我们如何巡逻，如何射击，如何擦亮靴子和徽章，并时刻确保装备完好。公园里的那个士兵说的是对的，这里吃得很好，一日三餐都很有规律，而且还免费。当兵比整天工作要好得多，只是总有人对我们大吼大叫，告诉我们该做什么，不该做什么。仔细想想，我真觉得有时候就像在孤儿院一样。但我们有很多朋友，朋友们聚在一起，还是很快乐的。

"有一天，我们带着步枪和全套装备挤进了火车。几个小时后，我们来到了街上，乐队正在演奏，每个

人都挥舞着旗帜为我们欢呼。似乎我们是真正的英雄，我们做到了。然后我们迈上跳板，登上了这艘大船，这就是我们想象中的冒险。只是船一出海，我们就晕船了，爬也爬不起来。比利虽然难受，但他始终面带微笑。他就是这样一个人，总是笑呵呵的，是我们所有人中最快乐的。他空闲的时候总是在画画，他几乎一个字也写不出来，但却唯独喜欢画画！

"我以前从未见过大海，但当我看过海之后，我就再也不想看到它了！你知道吗？海水在你的脚下不停地涌动，会让你的胃里如同翻江倒海一般。在经历了几个星期的波涛汹涌之后，我们终于回到了陆地上，又开始巡逻了。可以负责任地告诉你，尽管他们还是对我们大喊大叫，但这真是一种解脱。我们来到了非洲——南非。

"离你爸爸在的地方很远，孩子，但都在非洲。我们在环游世界，阳光明媚，除了恼人的苍蝇和频繁

　　的腹痛之外，似乎一切都'tickety-boo'①。"

　　"Tickety-boo？"我不解地问他，"那是什么意思？"

---

① 英国俚语，好极了、太棒了。

false

他告诉我们："当你感觉很好的时候，当你没有什么可担心的时候，像云雀一样快乐，这就是'tickety-boo'的意思。我们真的去了非洲，就像那个士兵承诺的那样。我们看到了长颈鹿、狮子和大象，还有各种各样的动物。你可以看到太阳落山时的样子，又大又红，离得那么近，你几乎可以伸手触摸到它。我们没有去打仗，相反，他们让我们去巡逻。很多时候，我们都在四处游荡或闲坐着。现在想起来，那些日子真快乐啊。那里有我们需要的所有食物，有很多朋友，还有温暖的阳光。比利想画什么就画

什么，当时他主要画昆虫、树木和花卉，当然还有鸟类，比如秃鹫和老鹰。当他坐在我们的帐篷外面画画时，他是最高兴的。你应该看看比利的速写本，其中的几本几乎画了整个非洲。

"不知不觉中已是 1914 年，我们又回到了船上，船正驶出开普敦，依旧穿过波涛汹涌的大海。我们要回家了，因为欧洲的战争已经开始了，是和德国人打。德国有一支庞大的军队正在准备进攻比利时，为了拯救比利时人，我们必须和德国战斗。我们需要大量士兵，能去的都要去，也包括我们俩。我们不是担心，更像是兴奋，我们不再漫无目的地闲坐着或四处游荡了。我和比利都无比热切地期待着，我们是士兵，相信我们很快就能结束战斗。在那艘船上，当我们不晕船的时候，我们经常嬉戏、唱歌。我们当时都不知道即将经历什么，现在回想起来，也觉得没什么大不了的。"

2

"比利大部分时间都在甲板上，在那里不会晕船，而且也能画鲸鱼和海豚之类的动物。他最喜欢画的是信天翁，因为它们仿佛飘浮在空中，盘旋着，翅膀几乎不动，便于他画下它们的样子。

"很快，他就不得不把他的速写本收起来了，因为我们一旦靠岸，就得赶往比利时。我们早就知道战争进行得并不顺利，但还没亲眼看到。我们仍然是一群无忧无虑的小伙子，仍然在嬉戏，仍然在唱歌，尤其是比利。他是一个相当出色的士兵，聪明，从不落后，一步一个脚印。即使是最糟糕的工作，他也是第一个主动去做。

"枪声越来越近了。救护车车队从我们身边经过，我们看到车内都是伤员。还有堆满了家具和财物的手推车，有时后面还拴着一头牛或一匹马，全家人疲惫地在路上走着，并伴随着孩子们的哭声。那场面真是太可怜了！我们很快就停止了歌唱和嬉戏，继续前进，穿过废墟中荒芜的村庄，马和骡子都死在路边，身体肿胀不堪。有一次，在一个没有屋顶的教堂里，我们看到数以百计的担架和空棺材靠墙堆着，我们都知道那些担架和棺材是给谁准备的。

"后来，当我们到达营地时，比利拿出他的速写本，画下了那些棺材。他现在画的不是奔跑的长颈鹿和翱翔的秃鹫，不是非洲上空又大又圆的太阳，不是海洋中的鲸鱼，也不是信天翁，而是救护车后座上一名受伤士兵的脸，是一位弯腰驼背的老妇人牵着一匹

马或一头牛走在路上的画面。后来，有一天晚上，他
画了一个小女孩，这个小女孩改变了他的一生，他甚
至不知道她是谁，也不知道她来自哪里。

"我们正在穿过一个村庄，它位于波珀灵厄，这
个城市紧挨着伊普尔。这时，他在路边看到了一个小
女孩。她坐在那里，抱着膝盖，颤抖着，呜咽着。当
我们走过去的时候，我们都看到了她。她光着脚，瑟
瑟发抖，你可以感觉到她很绝望。这一路上，像这个
小女孩一样的人很多，但她在这个世界上显得如此孤
独。比利像我们一样也在队伍里走着，但他突然跑到
了小女孩身边。中士对他大吼，但比利没有理他。队
伍放慢了速度，停了下来，尽管所有中士都在骂我
们，让我们继续前进。但大家都站在那里，看着比利
蹲在小女孩身边，和她说话，试图安慰她。不过，对
她而言，什么安慰都无济于事了。

"比利想都没想，就把小女孩抱了起来。

"少校骑着马沿着队伍往回走，他对比利大声喊着，让他把小女孩放下来，回到队伍里去。比利站在那里，十分平静，少校则是在马背上对他大发雷霆。

"'你以为我们是来干什么的？'他咆哮着说，'你以为我们是来照顾这些人的吗？如果你想救那个小女孩，如果你想救他们所有人，你就得为攻打德国人保存体力，把他们赶回德国去。只有这样，才能拯救她和成千上万像她一样的人。现在把她放下，回到队伍里去！'

"'我不能那样做，'比利平静地回答，'我会像你说的那样和德国人战斗，但首先我们得把这个小女孩送到野战医院，否则她会死的。她需要帮助，她需要医生，少校，我们有医生，不是吗？她像小猫一样虚弱，我不能离开她。她没有妈妈，没有爸爸，她孤身一人。是这场战争把她变成了这样，每个人都应该有父母和一个完整的家。她什么都没有了，这可不行，

少校。我们得做点什么，我们不能把她留在这里，对吧，少校？'

"这让少校哑口无言，他没有争辩，中士也没有。于是比利又加入了队伍，把小女孩裹在大衣里，准备把她抱到最近的野战医院，边走边和她说话。然后所有人都停下来休息了，比利让她躺在担架上，握住她的手。不一会儿担架兵来了，把她抬到了野战医院的帐篷里。

"事后，我们谁也忘不了那个小女孩，尤其是比利。他经常和我们说，正是那个小女孩改变了他后来的生活。那天，少校骑着马在高处对他大喊大叫，让他有了后来的想法，但主要是因为他在野战医院向小女孩道别时她的眼神，那眼神里充满了痛苦和绝望。如果他没有理解错的话，她是想告诉自己她的名字叫克里斯蒂娜，但他也不能完全确定，这就是他对她的全部了解。在接下来的几个星期和几个月里，他一次

又一次地画她，在每幅画的底部写上她的名字。他画得越多，就越想她，越想去谈论她，他就越能确定他应该为她和所有像她一样的孩子做些什么，这些孩子在这场战争中成了孤儿。

"他将尽其所能赶快结束这场战争，结束伤害，停止痛苦。

"我们来到了前线，这是我们第一次进入战壕。关于战壕，大家几乎不愿提及。鼹鼠或者蠕虫才应该生活在地下，绝非人类。老实说，一开始并没有发生什么。炮弹铺天盖地，狙击手无处不在，所以你必须低着头。我们很害怕，我们知道

德国人就在那里，他们在打埋伏，就在 100 码^① 外，在无人区另一边的战壕里。你可以听到他们的说话声和笑声，有时还能听到他们演奏的音乐声。但我们没有看到他们，我们知道最好不要抬起头去看，把头露出来正是他们的狙击手所期待的。我见过的第一个被杀的人，就是这样死的。我记得他叫哈罗德·默顿，只有 18 岁，不唱歌时是个安静的小伙子。他喜欢唱歌，在家时经常在教堂的唱诗班唱歌。他来自曼彻斯特，支持曼联，有一副好嗓子。前一刻我还在和他说话，下一刻他就死了。

"我们坐在防空洞里，抽着香烟，写信、打牌、讲故事，就像我们现在一样。比利画着他的画，有时会画我们，画得也很好。我们吃了炖肉，几乎每天都在吃炖肉，还有面包和果酱。我们也睡觉，或者说试

---

① 码：英制中的长度单位，1 码合 0.9144 米。

着入睡。德国人似乎知道我们什么时候会睡觉，他们会派飞机把我们吵醒。当然，我们必须轮流站岗，每天黎明时分，我们都站在台阶上站岗。德国人喜欢在黎明时分，在半明半暗中，在薄雾中，在太阳刚升起时发动进攻。所以我们必须做好准备，把刺刀固定好，把水壶收起来。比利总是第一个走出休息区，站在台阶上。他仿佛希望德国人来，迫不及待地要和他们较量。

"夜深的时候，我们会被派出去巡逻，通常由军官、中士、下士来负责。你必须趴着，匍匐着爬过无人区，不发出任何声音，然后扭动着穿过他们的铁丝网，进入他们的战壕，上级命令我们至少要抓一个人回来审问。任务完成后，会给你双倍的朗姆酒，但即使这样，也没有人想去，除了比利，但比利根本不喜欢朗姆酒，他只喜欢啤酒。但每次他都自告奋勇，似乎这件事对他来说根本不算什么苦差事。有人叫他

'疯狂的比利'，但他并不介意。当然，我们都知道，他并不疯狂，一点也不疯狂，也不勇敢。就像他说的，他只是想尽快结束战争，这样就不会有更多的孩子成为孤儿，就像他速写本上的小克里斯蒂娜一样。

"哨声响起，我们所有人一起越过山顶，进入了枪林弹雨中，比利在前面带路，我们都跟在后面。我们都吓坏了，他开玩笑说，他口袋里有一块来自布里德灵顿的幸运黑色鹅卵石，他会没事的。但我们所有人都明白，无论你是第一个还是最后一个走出战壕，是走还是跑，都没有多大关系。一旦你到了无人区，一切就全凭运气了。你无法躲避子弹和炮弹，要么被武器击中，像哈罗德·默顿那样死得快，要么毫发无伤地渡过难关，又或是受点小伤，在野战医院里包扎一下，恢复几天，然后再被送回前线。要是你受了一个小伤，但伤口恶化了，就会被送回家里。

"比利总是说，要听命运的安排。在战争中，瞻

前顾后、畏首畏尾什么用都没有，你需要的是继续前进。你看到朋友死去，比如可怜的哈罗德·默顿，这会让你做噩梦，让你颤抖。但每一次比利看到有人受伤，每一次他失去一个伙伴，这都让他更加坚定要继续前进的决心，他要拼尽全力杀死或抓捕更多的德国人。对他来说，这是结束战争的唯一方法。

"1916 年 10 月，比利在索姆河受了重伤，他的腿部被弹片击中。在野战医院，他告诉医生，给他包

扎一下就行了，这样他就可以重新投入战斗。当被告知他不能这样做时，他试着走出医院，但又被带回来了。医生说他得回家去，伤口很严重，很深，这样很危险，他回家后需要去一家正规的医院治疗。很长一段时间，不管是在英国的医院里，还是在萨塞克斯乡下的一所大房子里，比利都惦记着战场上的朋友们。一直以来，他都希望自己的腿能痊愈。窗外的公园里有鹿，湖上有天鹅。他画了鹿、天鹅，又画了克里斯

蒂娜，画了他的伙伴们，这些时刻提醒着他要赶紧好起来，尽早返回战场。

"当他睡觉的时候，克里斯蒂娜的脸萦绕在他的脑海中。他想回到战场，也想回到伙伴们身边。他的朋友就像他的家人一样，他想和他们在一起。"

3

"大约一个月后，当比利回到战场时，他的很多朋友都不在那里了。他不在的时候，他们过得很艰难。很多人死了，失踪了，或者受伤了。比利几乎一半的'家人'就这样走了，他再也没见过他们。比利很自责，他应该在那里照顾他们，而不是躺在医院的病床上，躺在家乡的大房子里，他和他们一样属于这里。现在他不只是为了克里斯蒂娜而战，也是为了越来越多的人——他的朋友们和那些存活下来的人。无论如何，他再也不会离开他们了。

"1917 年冬天，在帕斯尚尔附近，比利再次受伤，这次是手臂中弹。他们试图再次把他送回英国，送到一家正规的医院，但他却在晚上没人的时候溜出野战医院，回到了伙伴们身边。当医生发现他失踪时，认为他一定是当了逃兵，于是宪兵出发去追捕他。他们最终在最意想不到的地方找到了他，他已经回到了战壕。你不能因为一个人回到前线而逮捕他吧，所以他们让他留下来了。

"几个月过去了，比利似乎越来越不在乎自己的生死。如果有人受伤躺在无人区，他会把他带回来。如果丝毫没有胜算，就像德国人要突破防线包围他们，比利还是会继续战斗，他的伙伴们也是如此。不管情况有多糟糕，他都不会让德国人赢，即使胜算渺茫。第二年春天，在康布雷附近，我记得那里离一条运河很近。战争的形势已经逆转，胜利的曙光就在前方。我们乘胜追击，德国人节节败退，但德国人不会轻易逃跑。他们和我们一样勇敢，可能会撤退，但绝不会轻易投降，他们会尽其所能来反击。

"有一天早上，我们发现自己被困住了。他们用机枪把我们包围，我们进退两难。比利说他需要两个人和他一起去，其他人留在原地给他们火力掩护。于是，他们三人继续前进，疯狂的比利和另外两个人一起向前冲，不知怎的，他们都没有被击中。很快他们就把炸弹、手榴弹扔进了德军的战壕，机枪停止射击了。你瞧，德国人认输了。他们举起双手投降，有 20个人，也许是 30 个，他们扔下了自己的步枪。那天我们抓了几十个俘虏，但没有一个人受伤，真是个奇迹。夫人，你还在听吗？"

妈妈没有回答，我从她的呼吸声中听出来，她一定睡得很熟。我也觉得很困，但我一直强迫自己保持清醒。我真的很想知道在陌生人的故事中，比利会发生什么事。车厢里就像窗外的隧道一样黑，但黑暗再

也不会吓到我了，再也不会了。

"我想妈妈睡着了。"我告诉他。

"要我再点一根火柴吗，巴尼？"他问我，"还是你现在没事了？"

"我没事了。"我告诉他。事实上，我现在已经完全忘记了黑暗。

"你想让我把故事讲完吗，孩子？我不想吵醒她。"

"比利是因为做了这些事获得了一枚奖章吗？"我问道。

他接着说："是的，而且不止一枚，就像朋友们开玩笑时说，比利只要打个喷嚏，他们就会给他一枚奖章。他们总拿这件事开玩笑，有时把他逗得快崩溃了。但他并不介意，因为他知道他们自内心深处为他感到骄傲，他是他们中的一员，无论他变得多么出名，他都不会有任何不同。他也确实出名了，他的照片不止一次出现在报纸上，报纸每次都会大惊小怪地

报道比利获得了奖章。但他对这一切都置若罔闻，他的朋友们也一样。

"军队想提拔他，给他一个军衔，封他为一等兵。但他不愿意，他告诉他们，他当个二等兵就很高兴了。不管他喜不喜欢，他们还是不停地给他颁发奖章，有时是为了表彰他在枪林弹雨中挺身而出救了他的战友。还有一次，因为没有那么多担架兵来抬受伤最重的伤员，比利就背着他，走了三英里①多回到野战医院，全然不顾附近随时可能落下的炮弹。他也因此获得了一枚奖章。

---

① 英里：英制中的长度单位，1 英里合 1.609 千米。

"但比利这么做不是为了奖章，他只想结束这一切。他想脱下制服，回到之前打工的旅馆里，给他的锅炉添点煤，再睡在他那冰冷的小阁楼里，画他的画。他曾经恨之入骨的那家旅馆现在对他来说就像天堂一样。他想忘记所有的战斗和战壕，忘记路边的小克里斯蒂娜和她眼中的悲伤。他不愿再去想他的朋友们躺在地上，空洞地仰望着天空的场景。他现在已经不在乎生死了，他很累，我们都很累。我们只是想结束这一切，尽快迎来和平，越快越好。为了所有的小克里斯蒂娜，为了所有的士兵，为了我们所有人。

"这就是为什么比利在 1918 年 9 月底的那一天做了他一直想做的事情，就在战争结束前的几个星期，当然，他当时并不知道战争马上要结束了。没有人能确切知道什么时候战争会结束，但现在大家都知道了，和平不会太遥远了。军队每天都在行动，从我们被困了这么久的战壕里爬出来，四面包抄，而德国人却四下撤退。

"事情发生在一个叫马尔宽的村庄附近，我们所有人都想占领这个小村庄。当时我们不知道德国人埋伏在这里，他们埋伏得很隐蔽。他们把我们引入村庄，然后把所有的火力集中到我们身上，机枪、步枪的声音不绝于耳。有一些人立刻被击中，我们其余的人躲了起来。比利当然没有躲，他匍匐前进，尽可能靠近敌军，扔出炸弹，炸弹把对方的机枪炸坏了，但他也受伤了。但这并没有让他停下来，然后，在他的带头作用下，整个军队都站了起来。那天死伤惨重，场面并不好看。战争一直都是残酷的，别轻信任何美化战争的说辞，孩子。

"战斗还没有结束，我们必须渡过运河去攻击对岸的德国人。他们一直从运河对面向比利开火，但他没有过多注意，他只是继续做着自己的事。他在运河上铺木板，修了一座桥，这样我们就可以过去了。我

们不停地开火，尽量让他们不敢露头，我们就是这样通过这座桥穿过运河的。但德国人还在进攻，他们从四面八方向我们袭来，想把我们赶回运河那边去。

"比利没有退路，他绝不会撤退，我们所有人也都坚持了下来。比利又受了两次伤，但现在什么也阻

止不了他。他要在此时此地就结束这场战争，如果可
以的话，他要独自打赢这场战争，永远结束这一切。
要么杀敌，要么被杀，这就是全部，敌人就是敌人。
战争结束后，你可以谈论它的是非曲直，但在战斗
中，士兵不会问自己这些问题。

"一旦战斗结束，那就得另当别论了。现在战斗已经结束了，我们周围死伤累累，其中有一些是我们的兄弟，但大部分是德国人。我们看着我们的战果，我们赢了，但又感觉不像赢，没有喜悦，没有胜利，我们只是感到解脱。我们还活着，至少现在暂时还活着，我们侥幸活下来了。

"我们抓了很多俘虏，如果我没记错的话，有30多个。他们筋疲力尽，饥肠辘辘，看起来更像是幽灵。对方军官向比利投降，敬礼，并把手枪递给他，他知道比利几乎是单枪匹马赢了这场战斗。我们把他们从头到脚检查了一遍，以确保他们没有隐藏的武器，没有手榴弹和刀。我们对他们无话可说，他们对我们也无话可说。我们给了他们香烟，他们看起来并不坏。他们中的一些人很年轻，看起来就像个大男孩，你会觉得有点同情他们。四周很安静，就像暴风雨后的宁静。

"我们看到一个德国士兵从不到 20 码的烟雾中走出来，他拿着一支步枪，不是指着我们，只是拿着它，然后他转身就走了。比利对他大喊，让他停下来，他停了下来。有六支步枪正对着他，但比利告诉我们不要开枪。他用手枪指着他，命令德国士兵放下步枪，告诉他该怎么做。但士兵只是站在那里拿着枪，神情呆滞。他年纪不大，没有戴帽子，制服上沾满了泥。他站在那里，回头凝视着我们，就像要把我们看穿。你可以从他脸上看出他只是在等子弹，他用手掌把前额上的黑发向后拨，笔直地站着，步枪在他身边。但他不肯放下，我们都准备开枪打他，比利却说：

"'不，别开枪，兄弟们。今天的杀戮已经够多了，他们被打败了。他该回家了，让他回家吧。他不会开枪的，至少现在不会，他知道战争已经结束了。'然后比利向他走去，对他喊道，'回家吧，德国人，都结束了，战争结束了。趁我还没改变主意，快走吧。'

"然后他高高举起手枪，向空中射击，故意擦过士兵的头顶。德国士兵只是点点头，看了他一会儿，放下步枪，转身走开了。我们看着他走了，庆幸我们没有杀死他，因为我们站在那里的时候都知道比利是对的，再杀一个也没有意义。对我们所有人来说，那个士兵走了，回家了，只意味着一件事——战争结束了，我们很快就能回家了。

"比利弯下腰，从地上捡起用过的弹壳。'这是我在这场战争中开的最后一枪，'他说，'不是因为愤怒，也没有杀死任何人。我会一直保存它，用来提醒我自己。'

"因为他那天在马尔宽的行为，他们给比利颁发了维多利亚十字勋章。这种勋章并不会轻易颁发给别人，大多数得到这个勋章的人都已经战死沙场了。按理说，比利也难逃此劫。但是，正如他常说的那样，他在布里德灵顿的海滩上得到了一块幸运黑色鹅卵

石，所以幸运女神站在了他这一边。在医院住了一个月左右之后，他又差不多恢复了健康。从那以后，他走路总是一瘸一拐的。不管怎样，几周后，他在白金汉宫穿着整齐的制服，打扮得光鲜亮丽，接受了国王乔治五世亲自别在他胸前的维多利亚十字勋章。

"国王说他是一位伟大的英雄，国家以他为荣，但他告诉国王他错了。'要成为英雄，'他说，'你必须勇敢，但我并不比任何人勇敢。'

"他想告诉国王，他这么做不是为了国王和国家，而是为了小克里斯蒂娜和他的伙伴们。他只是想让战争结束，但他没有足够的勇气告诉国王。后来，他总是后悔，他当初应该告诉国王的。"

陌生人沉默了。我能感觉到妈妈还在熟睡，我能听到她在我身边的呼吸声。但现在，随着故事的结束，我发现黑暗的恐惧突然向我袭来。我想让故事继续下去，让我忘记周围的黑暗。"故事结束了吗？"我问他。

突然冒出一团火焰，照亮了车厢，也照亮了他的脸，他微笑着。

"是的，孩子。"他说，"我还有更多故事，但我们只有三根火柴了。"

第二部分结束

还剩三根火柴

第三部分

一个永远忘不了的眼神

———

我永远忘不了他的眼睛，

没错，就是他。

你知道这意味着什么吗，克里斯蒂娜？

我本可以当场杀了他，一劳永逸，

现在那个人要把我们都拖进另一场战争中。

1

"我想你妈妈一定在睡觉。"陌生人轻声说，身体前倾着，"我不想吵醒她。"

"我没睡着，"妈妈睁开眼睛说，"我全程都在听着，到目前为止，这仍是个好故事。但你还没告诉我们你的这个叫比利的朋友在战争结束后发生了什么。"火柴快燃尽了，他把它甩了甩，火柴灭了，车厢再次陷入黑暗之中。"我正要说这一点，"他接着说，"我只是想确认一下你们有没有睡着，我可不想自言自语。"

"我们要在这条隧道里待多久，妈妈？"我问道。黑暗又一次笼罩着我。那根火柴一熄灭，黑暗就变得如此厚重，如此难以穿透。我知道他只剩下三根火柴了。"多久？"我说。

"我想，要等到外面安全了我们才能出去吧。"她说，"在这里，那架飞机伤不了我们，我们像待在房子里一样安全。"她拍了拍我的手，捏了捏。"对吗，先生？"

"我觉得这里更安全，"那人回答，"在考文垂，现在的房子不是很安全。"

"你说得很对，"妈妈说，"巴尼的爸爸也参加了上次战争，但不是在你们那里，他在巴勒斯坦。他带着马在那里，他懂马，没人能像他那样驾驭大黑杰克。他很了解马，他和它们一起长大，和爷爷一起送煤。他也得到了几枚奖章，不过不是维多利亚十字勋章。但我们在轰炸中失去了这些奖章，只剩下了一些生活必需品，还有你头顶架子上的手提箱里的一些零碎东西。尽管如此，至少我们还活着，很多人都在轰炸中失去了生命。"

"确实，"陌生人说，"应该没人知道有多少人被杀，成千上万，这是肯定的。"

"别想了，"妈妈接着说，"我们别聊这个了，好吗？我不想让孩子难过。比利从战场回来后发生了什么？他现在在哪里？他回来后像巴尼的爸爸那样又参军了吗？我不想让巴尼的爸爸这么做，他已经40多岁了。我告诉过他，他年纪太大了，不能去，但他就是不听。"我能听到妈妈的声音在颤抖，听到她打开手提包，知道她正在拿出手帕。我想那个陌生人一定也察觉到了妈妈的悲伤，因为他开始继续讲他的故事。

"比利当然想参军，"他开始说，"但他们不让他参军，因为他的腿有毛病，他的那些旧伤没有完全恢复。他们说不会让他通过军检，因为他年纪大了。比

利尝试过很多次，向他们展示他的维多利亚十字勋章、军事勋章、杰出行为勋章，所有他能拿出来的勋章。但他们不听，并拒绝了他，比利感到无比难过。他感到非常不安，他比这个国家的任何人都想去参军，因为比利觉得这场战争都是他的错。"

"这是什么意思？"妈妈问，"怎么可能？我们都知道这是阿道夫·希特勒的错。"

陌生人沉默了几秒后说："是真的，这就是问题的关键所在。我可以告诉你故事的原委，我们为什么会待在这条隧道里，为什么会爆发战争，比利与此有什么关系。"在他重新开始讲述之前，他花了很长时间来措辞。

"上次战争结束后，比利几乎是整个英国军队中获得勋章最多的士兵。他是万众瞩目的英雄，创下了无数丰功伟绩。他们对他前呼后拥，但他只想一个人静静待着。报纸上称他为'勇者中的勇者'，但他知道自己不是，因为'勇者中的勇者'从未回家，从未获得过任何勋章。他们请他帮忙把无名战士的灵柩抬进威斯敏斯特教堂，国王在那里，成千上万的人在围观。在阅兵式上，他胸前挂着勋章，整个军队都为他感到骄傲，但比利并不这么觉得。他不禁想起了外面的杀戮和死亡，他的周围到处都是战争的回忆。每当他看到失去双腿或双目失明的士兵坐在街角乞讨时，每当他在街上看到一个穿着黑色衣服的女人从他身边经过时，他就会想起所有他不愿想起的事情。

"他在部队待了一段时间，他们是他的家人，他不想离开他们。但最后比利还是决定要离开军队了，军队一次又一次地试图说服他留下来，但他已经受够了那些采访。他交出制服，然后离开了，只保留了几件纪念品。他把一些战时的零碎东西藏在一个大饼干盒里，他的朋友的照片、他的勋章、他的幸运黑色鹅卵石，还有马尔宽战役那天用的手枪和子弹。有些东

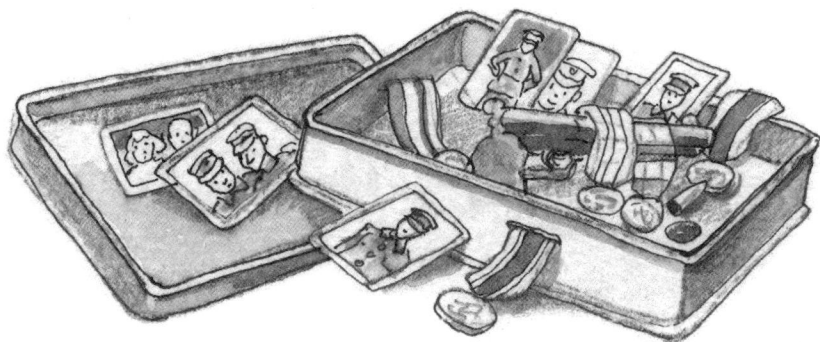

西他实在舍不得扔掉。他几乎没有打开过那个盒子，他想忘记过去，继续自己的生活。但同时他又想保留这些回忆，所以他也留下了那个速写本。

"因为工作很难找，所以他又回到了那家旅馆。他觉得总比没有工作好，但回去后发现它已经倒闭了。后来他听说考文垂的一家汽车厂有工作机会，于是他去了那里，并且很幸运地留下来了。他试图去适应工作，但麻烦的是，战争一直停留在他的脑海里，战争中悲伤的景象、声音和气味一直挥之不去。这对我们所有参加过战争的人来说都是一样的，你无法忘怀。你想忘却，但做不到。
比利晚上躺在床上睡不着觉
的时候，他的脑海里就会出
现那个小女孩的眼睛，他有
时还会大声喊出她的名字：
'克里斯蒂娜！'他经常画
她，一直在想她会发生什么
事，她是否在战争中幸存下
来，是否找到了住的地方，
是否有人照顾她。他尽量不
去画那些关于战争的画面，
他会走在考文垂的街道上，
给人们画素描，画街上的孩子、猫、大教堂和鸽子。

　　"他特别喜欢画鸽子。但有时，即使坐在有很多
鸽子的大教堂外面，他也总会发现自己不由自主地在
画坦克、大炮、野战医院，他也会画克里斯蒂娜，他

似乎控制不住自己。

"在汽车厂里，很快就有传言说比利有点像战争中的英雄，有人在报纸上看过他的照片。有一段时间，就因为这个，他还和其他人疏远了。他们中的大多数人都和他一样，也参加过战争，他们都想忘记这场战争。他们一旦忘记比利曾获得过维多利亚十字勋章，就不会再去过多打扰他了。他只想好好工作，过上平静的生活。比利就喜欢这样，他只想安安静静地待着。

"几年过去了，他一直在工作。他的生活两点一线，要么在汽车厂，要么待在家里。比利发现自己越来越想念克里斯蒂娜，她活下来了吗？她后来怎么样

了？他一定要弄清楚，他必须知道。他从未想过再回到法国和比利时的战场，他再也不想见到他们了。但他知道，唯一可能有克里斯蒂娜线索的就是他最后一次见到她的地方。

"于是，在 1924 年夏天的一个假期，他去了比利时的伊普尔，去了波珀灵厄的野战医院，那是他多年前最后一次见到克里斯蒂娜的地方。"

2

"他走在鹅卵石铺成的街道上，坐在咖啡馆里，无论走到哪里都在寻找她。当然，根本没有她的身影，也没有野战医院，他实在想不起来它在哪里。这个城市正在重建，除了市中心的广场和那里的咖啡馆，一切看起来都不一样了。比利无论走到哪里，都会给别人看他画的克里斯蒂娜。他走遍了所有的村庄，一一去询问是否有人认识一个叫克里斯蒂娜的女孩。无论他走到哪里，他都会经过墓地，经过一排排的十字架，应该有成千上万个。他找到了哈罗德·默顿的坟墓，在雨中，站在他的坟墓旁边，试图回忆起他的脸，但是却想不起来。但他记得，在他死的那一刻，到处都是战壕和弹坑，许多房屋都变为一片废墟。这个城市正在慢慢重建，曾经满是壕沟、电线和泥土的田野萌发了绿色的生机，牛羊在田野里悠闲地吃草，这给了他勇气和希望。

"但没有人听说过克里斯蒂娜，也没有人从他的画中认出她。他很失望，但这也在意料之中。它们毕竟是图画，不是照片。再说了，画中的是一个小女孩，克里斯蒂娜现在已经长大了。

"那是他假期的最后一天，在伊普尔的一个广场上有一家咖啡馆，他坐在咖啡馆外喝着一杯啤酒。这让他想起了之前打仗的时候，有鸡蛋、薯条吃，有啤酒喝，就是他最开心的时光。他拿出了速写本，正在画一只猫，猫坐在他的脚边，盯着他看。这时他感觉有人从他的肩膀后面看过来，是那个女服务员，她用

蹩脚的英语问他是不是艺术家。

"'不是的。'他说。速写本的书页在风中飘动，翻到了他那天早上画的一幅画，那是他最后一次见到克里斯蒂娜时的场景，她躺在担架上，下面写着她的名字。

"女服务员弯下腰，更仔细地看着这幅画。'这个克里斯蒂娜是谁？'她问道。

"'只是我曾经认识的一个小女孩，'他告诉她，'很久以前在战争中认识的，她是个孤儿，那时我是一名士兵，我带她去了医院。'

"她看着这些画，一页页地翻着，越来越感兴趣了。然后她平静地说：'你给她画了这么

多画像，我可能认识这个女孩。如果我没记错的话，战后，我和她一起在修道院上学。是的，就是克里斯蒂娜，克里斯蒂娜·邦尼特，我确定，你画得很好。'

"'你认识她！'比利说，'你知道她住在哪里吗?'

"'我不知道她住的地方，毕业后我们接触不多，但她后来好像在之前我们一起上的那所学校当老师，不知道现在还在不在。"

"那天下午，比利在学校大门外等着。当克里斯蒂娜推着自行车向他走来时，他立刻认出了她。

"'嘿，克里斯蒂娜，'他说，'你应该不记得我了吧。'随后，他用尽全力去解释，他一股脑说了很多。她一开始吃了一惊，她不记得他了，但她记得一个士兵背着她走在路上，记得野战医院和那里的医生，以及后来的修道院。在不打仗的时候，他们一直在那里照顾她。他们边走边聊，比利终于找到了他的克里斯蒂娜。

"在接下来的几年里，比利每年夏天都回来看她，她也到考文垂去看他。最后，他们结婚了，而且很幸福。他们都曾受过创伤，都没有家人，但他们彼此安慰，相濡以沫。过了一段时间，克里斯蒂娜在考文垂当地的一所学校找到了一份教书的工作，她自豪地说，那里的孩子能用佛兰芒语从一数到十。他们想要有自己的孩子，但没能如愿。尽管如此，比利和克里斯蒂娜还是很满足。至少他们还活着，而许多他们认识的人都已经不在了。他们有自己的家，有工作，还有对方。

"但是，以前的战争又以一种从未预料过的方式困扰着比利。"

陌生人停了下来，深吸了一口气，似乎不想再说下去了。

"要闹鬼了吗？这是一个鬼故事吗？"我问他，"我喜欢鬼故事。"

"嘘，巴尼，"妈妈说，"不要打断先生的话。"

"不，孩子，"他接着说，"这个故事里没有鬼，是一种难以忘怀的感觉，一种活生生的感觉，始于电影院。克里斯蒂娜和比利都喜欢看电影，这是他们最喜欢做的事。只要能负担得起，他们就经常去看，冒险片是他们的最爱。克里斯蒂娜非常喜欢一位名叫小道格拉斯·费尔班克斯的好莱坞大明星。"

"我也喜欢他，"妈妈说，"他长得很英俊。"

陌生人接着说："克里斯蒂娜也是这么想的，不管他演什么，她都要看。一个星期六的下午，他们路过电影院，在海报上看见了他的名字。《鲁滨逊漂流记》由小道格拉斯·费尔班克斯主演。于是他们在售票处

买了票，进去看了这部电影。

"当女引座员把他们带到座位上时，电影院里一片漆黑。屏幕上，新闻短片已经在播放了。他们周围突然响起了一片嘘声、口哨声和呐喊声，比利和克里斯蒂娜一坐下就发现了原因。德国元首阿道夫·希特勒出现在了屏幕上，像往常一样，他正在发怒。他唾沫横飞，胡言乱语。比利经常在无线电收音机上听到他的声音，大家应该都听过，每次听到，他就会把收音机关掉，因为克里斯蒂娜听到他的声音会很不好受。但现在在电影院里，他无法关掉它。不管他们喜欢不喜欢，他们都得坐在那里听他说话。

"当然，他们并不完全明白他在说什么，电影院里的其他人也一样，但你可以从他歇斯底里的声音中，从他仇恨的眼神中，从他握紧的拳头中，去理解他说的话。他穿着制服，站在一个大型讲台上，这种场面几乎每个人都见过，成千上万的士兵戴着同样的头盔，比利对多年前的战争场面记忆犹新。士兵们全神贯注地听着他说的每一句话，好像他们都被催眠了一样。然后，他们大声欢呼着，狂热地崇拜着，他们疯了。他们的欢呼像雷声一样，每个人都伸直了手臂，行着僵硬的纳粹军礼。希特勒站在那里，沉浸其中，他的拇指插在腰带上，也在敬礼。他的眼睛审视着他的军队，环顾着整个世界，就像罗马皇帝一样。

"当比利和克里斯蒂娜看着这一切时，两个人都感到心寒，希特勒挥手让人群安静下来，然后继续他的长篇大论，每说完一句话都会比一个疯狂的手势。但那天罗克西电影院里的人并没有保持沉默，他们嘲笑他，模仿他。没过多久，比利和克里斯蒂娜就和他们一起笑了起来，下定决心不被这个疯子吓倒。

"然后，突然之间，新闻片没有了声音，只有画面。希特勒陷入了沉默。屏幕上只有他的脸，扭曲着，充满了愤怒，嘴里说着他的仇恨。每一句听不到

声音的话比以往任何时候都可怕，整个电影院陷入了
沉寂。现在抬头看着他，比利不需要听他的声音，就
能明白他的意思，明白他在想什么。他的表情说明了
一切，他的眼睛说明了一切，那双瞪着的黑眼睛。这
双眼睛现在在看着比利，而且只看他，就是这种感

觉，他能看出那眼神中的邪恶，仿佛一个眼神就能
杀人。

"就在那一刻，当他们的目光在电影院交汇时，
比利觉得他以前见过这个人，不是在银幕上，而是面
对面。当希特勒抬起手，把前额的头发往后拨的时

候，他立刻就知道了这是谁，知道他们在哪里见过面，还记得他们之间发生的一切。

"克里斯蒂娜抓住他的胳膊，把目光从屏幕上移开，然后把头埋在比利的肩膀上。比利意识到电影院里的人都和她有同样的感受。那种感觉就是恐惧，那种紧紧抓住你的身体和灵魂，缠着你不放的恐惧。再也没有人吹口哨，没有人叫，没有人笑。就好像电影院里的每个人都屏住呼吸，等待着即将发生的事情。他们很害怕，但又知道没有什么可以阻止，因为希特勒就是要发动战争。但比利知道的不止于此，比利一直抬头看着他的眼睛，无法将目光移开。他一直在想，他脑子里想的是不是真的。他越看那双眼睛，就越意识到，这是毫无疑问的。那个人，那个战争贩子，现在能够在那里发泄他的仇恨，只是因为比利多年前在马尔宽战役中饶了他一命。"

陌生人沉默了。火车喘着气，好像一直在听我们说话似的，仿佛它还想听到更多。在寂静的车厢中，黑暗再次包围了我，我紧紧抓住妈妈的手。

"哦，我才不信！"妈妈说，"你会相信吗？"

"如果比利相信，"陌生人告诉她，"那我也相信。"

"你能再点一根火柴吗？"我问他，"这里越来越黑了。"

我听到陌生人在拨弄火柴盒，听到火柴盒打开的声音，我一直渴望着光明。

"来吧！"他说。火柴划了一次，没燃。第二次，冒了几个火星子，但很快又灭了。"第三次总得运气好点吧。"他喃喃地说。

如他所愿，火柴燃烧起来了，照亮了他的脸，照亮了车厢，驱散了黑暗。

3

"好了，亲爱的巴尼，"妈妈说，"没事的，看到
了吗？没什么好担心的。"但很快，恐惧又开始蔓延
了，因为火苗越来越微弱，然后熄灭了。"继续讲故
事吧，先生，"妈妈说，"巴尼会喜欢的，对吧？让他
好受点。"

"当然可以，夫人。"他说着，然后又开始讲故事。

"比利在屏幕上看得够多了，"陌生人继续说道，
"他站起来走出电影院，克里斯蒂娜跟在他后面。比
利走在街上，一句话也没有说，径直向家里走去。回

到家里，他整个晚上都坐在椅子上，盯着炉火，仍然不说话。他没吃晚饭，克里斯蒂娜知道最好不要问他是怎么回事，他时不时就会这样。他经常会有一些情绪，当情绪过去后，他称这段时间为"忧郁时光"。当他这样的时候，他喜欢一个人待着。他迟早会走出来，重新做回自己。克里斯蒂娜现在已经习惯了，是战争困扰着他，她知道这一点。她想尽一切办法让他振作起来，但似乎都不起作用。

"这一次，似乎和以往不同。比利闷闷不乐了一天又一天，一周又一周，持续了很长时间，克里斯蒂娜非常担心他。她想带他去看医生，但这样做似乎又不太好，这会让他心烦意乱，他已经够难过的了。

"大约一个月后，有一天晚上，比利才告诉她他为什么会这样。他们在黑暗中并肩躺在床上，彼此都知道对方睡不着，这时，比利说出了事情的原委。

"'是他，克里斯蒂娜，'他说，'在罗克西电影院

的大屏幕上的那个人，我认识，绝对不可能出错。就算他化成灰我也能认出他，我能认出那双眼睛，我忘不了那个眼神。我和他隔着屏幕对视，就像多年前在战争中那样。你有没有看到他是如何用手拨开前额上的头发的，这是他的习惯性动作，我从没见过别人这样做。就是他，就是希特勒。'

"克里斯蒂娜不明白他在说什么，他们在一起10多年了，他们几乎没有谈起过战争。当然，她知道他获得过许多勋章，知道他多年前非常出名，她也为他感到骄傲，但她从未要求过要看看这些勋章。勋章，就像过去的记忆一样，被藏了起来。谈论那些过去的事情只会让可怕的记忆再次回来，他们都希望记忆慢慢消失。他们想展望未来，忘记过去。多年来，他们之间就像有心照不宣的约定，永远不提战争。但现在，比利第一次开口了。

"'我要告诉你一件事，你看。'他一边说着，一边打开了灯，然后从床上爬起来，把饼干盒从下面拿出来，里面放着他在战争中留下的一些零碎东西：战友们的照片，他从一名在马尔宽战役中投降的德国军官身上拿下的手枪，布里德灵顿的幸运黑色鹅卵石，他的勋章，还有他在战争中射出的最后一颗子弹的弹壳，就是他在那个德国士兵的脑袋上方开的警告枪。那时他只是一个不知名的德国士兵，但现在不是了。

"他把勋章放在她面前的床上。'这个是维多利亚十字勋章，'他向她解释道，'看起来不太像，是吗？不像其他人的那样闪闪发光，还系着普通的旧丝带。但这是人们一直关注的焦点，他们给了我这个，国王赐予我的。因为我在战争快结束的时候参加了一场战斗，它发生在一个叫马尔宽的小村庄附近，并没有持续太久。在战斗中，我们和敌人进行了殊死搏斗，死伤惨重。我们这边如此，敌军那边也是这样，他们的伤亡甚至更严重，我们还抓了几十个俘虏。'

"'突然间，我们看到了这个德国士兵，他就站在烟雾散去的地方，不到 20 码，他手里拿着步枪。我告诉弟兄们不要开枪，因为他看起来并不会朝我们开枪。我们看着他，他也看着我们，很安静。战斗后的那段时间是最安静的，我们都没有动，一动不动，他也没有。我们都没说话，只是站在那里，就像我们都在梦中，就像这不是真的。然后我向空中开枪，挥手让他离开，让他回家。他朝我点点头，拂去前额的头发，然后走开了。

"'是他，克里斯蒂娜，是阿道夫·希特勒，我发誓。那天晚上，我在电影院的屏幕上看着他的眼睛，就是同一双眼睛。那个希特勒，他不像其他人那样简单地看着你。他能把人看穿，那个德国士兵也是一样。我永远忘不了他的眼睛，没错，就是他。你知道这意味着什么吗，克里斯蒂娜？我本可以当场杀了他，一劳永逸，现在那个人要把我们都拖进另一场战争中。从他说的话中，我知道他想这么做。'

"克里斯蒂娜想尽力说服他。'可能是别人，'她告诉他，'也许只是看起来像他，那是很久以前的事了，你可能记错了。你不要胡思乱想了，会生病的。他不一定会发动战争，这没人说得准。'

"在接下来的几周里，比利尽最大努力让自己相信她说的话。他想尽一切办法把之前的想法完全抛之

脑后，但他做不到。电影院里大屏幕上的画面在他的脑海里一遍又一遍地播放。每次他在收音机里听到那个声音，每次他看新闻片，都会更加确信自己是对的。每次在报纸上看到希特勒的照片，他都会看着那双眼睛，他知道不会有错。无论克里斯蒂娜怎样试图说服他，无论她多少次告诉他这不可能是真的，他都知道这是真的。最后，她明白他是不会改变主意的。

"但即使那个人就是希特勒，她也会告诉他，这不是他的错，因为他只是做了他当时认为正确的事情。当然，仁慈是好的，即使对敌人也是如此。不管怎么说，他怎么知道他放过的那个士兵会变成一个恶魔呢？无论她说什么，都不能让比利对自己的所作所为感到好受些。但比利仍然抱着一丝微弱的希望：他身材矮小，黑头发，用一种奇怪的方式把头发从前额拨开，那双眼睛瞪着前方，他可能是另一个人。他一直告诉自己，克里斯蒂娜可能是对的，他就是记错了，毕竟，那是很久以前的事了。

"但后来，连最后一丝微弱的希望也破灭了。一天早上，比利去图书馆取书，当他路过一个书架的时候，碰巧注意到书架上有一本书，书名是《阿道夫·希特勒》。

"他把书拿下来，打开，有几页上面有他的照片，每一张都让他心跳加速，尤其是其中的一张。

"那是一张一群德国士兵在战争中的照片，他们都戴着军帽，对着镜头摆姿势，背后是一堵砖墙，所

有人都面无表情，直视着镜头。

"比利立刻认出了希特勒，他和其他人稍微拉开些距离，站在后面，是他们中个子最小的一个。

"那个德国士兵，那个他救过命的士兵，下面写着他的名字，阿道夫·希特勒下士。毫无疑问，那个人就是他。"

第三部分结束

还剩两根火柴

第四部分

雪中雄鹰

——

比利唯一能想到的是，
必须去阻止希特勒接下来的行动。
20 年前，他做了错事，
现在他必须去弥补，他必须去纠正他所犯的错误。
他下定决心要做些什么，他想到了成千上万的小克里斯蒂娜，
就像上次战争一样，他必须在痛苦开始之前制止它，
仅此而已，别无选择。

1

"在从图书馆回家的路上，比利手里拿着书，经过车站外的报摊，报童大声地喊：'希特勒进军奥地利！希特勒入侵奥地利！'

"比利站在街上，现在他确切地知道，他要对这件事负责，无论希特勒做了什么，或者将来可能做什么，他都要负责。他本可以在20年前的马尔宽战役中杀掉他，但他没有。他知道，就像其他人想的那样，希特勒迟早会把注意力转向英国，这只是时间问题。"

"他的想法是对的，不是吗？"妈妈突然说话了，在黑暗中打断了他。我以为她又睡着了，但妈妈还在听着。"我的意思是，想想看，"她接着说，"如果你的那个朋友，他那天一枪打死了希特勒，也许战争就不会发生，巴尼的父亲就不会在沙漠中作战，敦刻尔克战役就不会发生，伦敦和考文垂的闪电战也就不会发生。那些人都死了，这都怪他，那个该死的希特勒。不然我们的家还好好的，爷爷那心爱的马还活着。只要一发子弹就够了，只要一发子弹，这一切就都不会发生，不是吗？这个故事，你确定是真的吗？有点难以置信。你还能再划根火柴吗？我好像找不到我的织针了。"她在我旁边的座位上摸索着。"这列火车什么时候开动？"她问。

我能听到火柴盒打开的声音。陌生人试着去划火柴，但火苗跳动了一下就熄灭了。"不好，一定是受潮了，"他说，"通常这些火柴质量都很好的，别担心。"但我很担心。他一次又一次地划着，火柴突然

亮了起来，我松了一口气。妈妈几乎立刻找到了她的织针，它滑到了座位之间。

我享受着火柴燃烧的每一刻，害怕火柴熄灭。还剩一根火柴，我需要继续听这个故事来转移注意力，火柴已经快要燃尽了。

"这是真的吗？真的是真的吗？"我问他，"发生了什么事？接下来发生了什么？"

"都是真的，孩子，真希望它是假的，"陌生人平静地说，"这就像是比利生命中的诅咒，从那以后的每一天、每一刻都沉重地笼罩着他。除了克里斯蒂娜，他从未告诉过任何人，包括他工作中的所有朋友，别人都觉得他好像有心事，可以看出他内心深处很悲伤，他遇到麻烦了。他们知道他参加过战争，当然，也知道他做过什么，知道他一定看到过什么。他们中的大多数人，也去过那里，看到了同样的事情，他们只想忘记这些事情。"

他把火柴甩灭了，我们又陷入了深深的黑暗之中，一种比以往任何时候都更加黑的黑暗。但我当时下定决心，不能把注意力放在这上面，只管听故事，让自己沉浸其中。

陌生人继续说："比利在汽车厂里的朋友，他们都能理解他。或者他们认为他们理解，像克里斯蒂娜一样，他们尽力想让他振作起来。但大多数情况下，他们只是让他一个人待着，他们知道这是最好的。像往常一样，他每天早上去汽车厂，去完成他的工作，晚上回到克里斯蒂娜身边。但他一直在想他做过的事，或者更确切地说，是没有做的事，这些事从未离开过他的脑海，一刻也没有。

"他再也不提这件事了，甚至在家里也不提了，而是把这件事藏在心里，锁在里面，一周又一周，一个月又一个月，欧洲那边传来的消息越来越糟。希特勒下一步会做什么？他还会入侵哪里？什么时候轮到

我们？这些天大家都在谈论这件事。大家都注意到了比利的变化，他似乎生活在自己的世界里，远离同事和朋友，甚至远离克里斯蒂娜，他再也不能像以前那样拿自己的"忧郁时光"开玩笑了。他们不再去看电影，也很少出门。他甚至停止了画画，再也没有拿出过他的速写本，一次也没有。他喜欢画画，但现在不画了，克里斯蒂娜知道他的状态不容乐观。对比利来说，现在的每一天都是"忧郁时光"，他似乎永远无法摆脱它。

"克里斯蒂娜从未停止过尝试，她只是希望有一天他能把悲伤抛在脑后，重新变回她曾经认识的那个人，那个她爱的人，那个完完整整的人，那个在她很小的时候救过她一命的人，那个她知道只是做了他认为正确的事，现在却为此受苦的人。

"1938年9月，几年前的现在，仿佛就在昨天，当时的首相张伯伦先生去拜访希特勒，他的家叫贝格

霍夫，在贝希特斯加登山上，位于巴伐利亚阿尔卑斯山脉。他们尽最大努力与他达成协议，我们都知道，不能和魔鬼做交易，不是吗？张伯伦先生几天后满脸笑容地回到家，挥舞着他的那张协议，告诉全世界一切都会好起来的，他已经和希特勒先生解决了一切问题，我们马上会迎来和平时代。我们有过和平吗？我们都想相信，但确实没法相信，比利当然也不相信。"

"好吧，我也从不相信张伯伦先生，"妈妈大声说道，"巴尼的爸爸和爷爷也不相信。他竟然会相信希特勒，这太离谱了。但是爷爷总是说：你不能责怪张伯伦，就像邪恶的老狐狸在鸡舍附近鬼鬼祟祟时，你不能责怪可怜的老母鸡一样。你保护老母鸡的唯一方

法就是把狐狸挡在外面，或者追上并杀死它。这就是我们要做的，巴尼的爸爸现在就在这么做，他在讨伐希特勒。我们很快就会解决掉那个狡猾的希特勒，对吗，巴尼？"

陌生人接着说："嗯，你这么说很有趣。因为比利一直以来都是这么想的，这段时间他都在想这件事情，他想得越多，就越知道他必须纠正之前犯下的错。当然，问题是他不知道该做什么，甚至不知道能做些什么。在他的内心深处，仍然存在着最后的希望，那就是那个被他救了一命的德国士兵可能只是长得像希特勒而已。

"然后，突然有一个电话打到了他工作的标准汽车厂的经理办公室里。比利当时正在喝茶休息，独自坐着，想着自己的事情，这时经理贝内特先生来找他，比利一脸慌乱。他告诉比利，他必须马上去接电话，因为情况真的很紧急。所以比利赶紧冲到经理办公室，他以为是克里斯蒂娜可能出了交通事故或者生病住院了什么的。所以当他到办公室拿起电话的时候，他已经担心得要死了。

"他立刻听出了电话里的声音，他知道这个人的声音，但是好像有点对不上号。

"'威廉·拜伦，是你吗，拜伦先生？'电话那头的人说，'很抱歉打扰你，但我有件事必须告诉你。'比利还在努力想象声音背后的那张脸，然后那个声音告诉了他答案，他还是不太相信。'我是首相，拜伦先生。我是张伯伦，我有一件重要的事要和你谈。'"

2

"比利很难相信这真的是首相在和他说话，他不知道该说什么，他紧张得不知道该怎么说话了。

"'拜伦先生，你现在可能知道了，'首相接着说，'我最近去德国拜访了希特勒先生，我在那里的时候，他给我讲了一个故事，我相信这是真的，我答应他回来后要告诉你，因为这与你有关。他告诉我，1918 年 9 月的马尔宽战役中，在战争接近尾声时，一名英国士兵救了他的命。他永远不会忘记那个时刻，他后来从报纸上的一张照片中发现，那名英国士兵就是你，拜伦先生。他从一张你从国王陛下手中接过维多利亚十字勋章的照片中认出了你。他亲自给我看了照片，他还留着，然后把我带进他的书房，给我看他挂在墙上的一幅画，就是你，拜伦先生，背着一个伤员进了野战医院。我想是某个意大利艺术家画的，我忘记他的名字了。这也是一幅精美的画，是1918年创作的。现在我可以确认，你确实把一个人抬进了野战医院，我相信希特勒先生说的是真的。你参加了马尔宽战役，是吗？'

"'是的，先生。'比利回答道。

"'那是你获得维多利亚十字勋章的照片，对吗？'

"'是的，先生。'

"'在这场战斗中，你确实饶了一名德国士兵的性命，对吗？'

"'是的，先生。'比利说。

"'德国总理希特勒先生要我转告你他对你的感激

之情和美好祝愿。拜伦先生，你那天的仁慈之举，很可能有助于维持 20 年后的和平。希特勒先生说起那天发生在他身上的事，说起你是如何救了他一命，心情很好。他在谈到你和英国军队时，充满了钦佩和尊敬，所有这些都非常有助于我们进行更加深入的讨论，我相信，我们最终会取得满意的结果。这一个善举，很可能会促进和平事业的发展。拜伦先生，再见，谢谢你。'

"就这样，他放下了电话。

"那天，比利迷迷糊糊地从工厂走回了家，他步履轻快，踌躇满志。好吧，他救的那名德国士兵就是希特勒。也许自己做的那件事是正确的，希特勒可能并不是大家想象中的恶魔。他还是有良知的，正如张

伯伦先生向我们承诺的那样，也许真的会迎来和平。如果真是这样的话，那么他，甚至为实现这一目标贡献了力量。"

"张伯伦真的给他打过电话？"妈妈打断了他，"你是怎么知道的？你怎么知道这是真的？"

"因为这是比利亲口告诉我的，"陌生人说，"他把一切都告诉我了，就像我说的，比利不会说谎，我了解他，我认识他一辈子了。他有很多秘密，但他从不撒谎，从不胡编乱造，他不是那样的人。"

"故事就这样结束了吗？"我问他。说实话，我很失望。我并不介意这个故事是真是假，我喜欢令人兴奋的结尾，而在电话中结束并不令人兴奋，不管是谁打来的，也不管对方是不是首相。

但更重要的是，我记得只剩下最后一根火柴了，而火车还困在黑暗的隧道里。我需要这个故事继续下去，更长一些，我需要一些东西来让我的思绪从黑暗

中解脱出来。

"不，这不是结尾，"陌生人回答，"但那将是最好的结局，孩子，不是吗？永远幸福的结局。我们会迎来和平的时代，不会再有战争，这就是比利和我们都想要的结局。我希望我能给你讲一个幸福的结局。但无论如何，事情不会像你想象的那么顺利。否则考文垂就不会惨遭不幸，你的房子就不会被炸毁，你和我也不会在这里相遇，我也不会给你讲这个故事。结局可能不是你想要的结局，孩子，但我可以向你保证一件事，它不会是你预料中的结局。"

他停了一会儿才继续说下去："不管怎样，事情都会解决的。打完那通电话后，比利几乎恢复了原来的样子。他又开始画画了，大多是画鸟，尤其是一次又一次地去花园里画一只啄木鸟，它黑白相间，背后闪着鲜红的光。克里斯蒂娜对他的变化欣喜若狂，她的比利回来了。

"他们又开始出去看电影了。但麻烦的是，每次他们去看电影的时候，都要再看一遍那种新闻片，每次都在展示士兵们行军的场面，有成千上万的德国士兵，希特勒就在屏幕上，他不是在谈论和平。尽管如此，比利还是抱着希望。1939 年 3 月，希特勒带领他的军队入侵捷克斯洛伐克，占领了整个国家，这个事情我们大家都知道，希特勒的脚步绝不会止于捷克斯洛伐克。那天，张伯伦在空中挥舞的那张协议一文不值。我们都被骗了，我们都愿意相信我们想要的东西，希特勒想要我们相信的东西。但在德军入侵捷克斯洛伐克之后，我们都恍然大悟了。我们都知道接下来会发生什么，这不再是是否会发生战争的问题，而是何时会发生的问题。

"比利和克里斯蒂娜一次又一次地在电影院的新闻片上看到他，希特勒向全世界挥舞着拳头，他趾高气扬，威吓、欺凌着那些可怜的人。比利看到无数士

兵昂首阔步地走着正步，坦克滚滚而过。天空中到处都是战机，而希特勒总是站在那里，陶醉于他的力量之中，渴望得到更多。比利清楚地知道，这是一个暴君，一个邪恶的人，他脑子里只有一件事——发动战争、征服和毁灭。

"比利唯一能想到的是，必须去阻止希特勒接下来的行动。20年前，他做了错事，现在他必须去弥补，他必须去纠正他所犯的错误。他下定决心要做些什么，他想到了成千上万的小克里斯蒂娜，就像上次战争一样，他必须在痛苦开始之前制止它，仅此而已，别无选择。

"比利没跟克里斯蒂娜打招呼，他一个人走了。在一天清晨，他走出家门，好像要去上班一样，但他的包里没有午餐。他带着护照和证件，带了一些钱，藏在手提箱的底部（他给手提箱做了个假底），还有床下饼干盒里的手枪。他在夹克口袋里放了一块布里德灵顿的幸运黑色鹅卵石。他还带着一盒铅笔和一个速写本，手提箱上绑着他的小折叠凳。他带上了他所需要的一切。

"他已经仔细考虑过了，计划好了所有的一切，哪怕是一个小细节。比利知道他要想成功可能很难，他在壁炉台上留了一张便条，告诉克里斯蒂娜他有一件必须做的事，一件不能等的事，他会在几周后回来。他在便条中让她去汽车厂一趟，告诉贝内特先生他的腿又出了毛病，需要休息一段时间。他还让克里斯蒂娜不用担心他，他会回来的，他爱她，一直爱她，永远爱她！"

3

"那天早上，比利在考文垂坐上了火车，他很清楚自己打算做什么。他已经从图书馆和报纸上搜集了他能搜集到的所有信息，他知道他要去哪里。他要去张伯伦先生之前去过的那个地方，位于巴伐利亚阿尔卑斯山脉贝希特斯加登山附近的贝格霍夫。这是做这件事情的最佳地点，他看过那个地方的照片，还看过希特勒在雪地里遛狗的照片，后面是山脉和森林。他从书中看到希特勒闲暇时总爱去那里。但具体如何做，在哪里做，什么时候做，还得好好计划一下，这将取决于他的计划，取决于命运，取决于他自己的耐心。他只知道不管结局如何，他必须这么做，必须冒这个险。

"于是，他坐火车到伦敦，然后坐船横渡英吉利海峡，到达加来。当他离开时，他一刻也没有怀疑他的这个决定，但当他从船尾回望多佛尔的白色悬崖时，他不知道他是否还能再见到它们。他想，也许不太可能了。在他看来，这就像是他又一次超越了自己的极限，他只能咬紧牙关，去完成必须做的事情。他知道活下来的可能性不大，他想着，将会发生什么。他开始感到自己晕船了，这么多年过去了，他已经忘记了晕船的感觉。他的胃随着船的摇晃而翻腾，他多么希望自己待在家里。法国海岸的景象让他精神振奋，海浪不断起伏，直到他们进港。

"法国海关官员几乎一眼都没有看他，也没有看他的护照，很快，他就到了巴黎，坐上了开往慕尼黑

的火车。午夜时分他到了德国边境，这里的情况和在法国的时候完全不同。一名边防警察盘问了车厢里的每个人，仔细检查了他们的护照和证件。他问问题时表现得很有礼貌，但比利还是感觉到了他的威严。

"'请问你为什么要来德国？'

"'我是个艺术家，'比利告诉他，'我要去阿尔卑斯山散步、画画，画山，画野生动物，画鸟。'

"警察要求看他的作品。

"比利给他看了他的速写本。

"他似乎很满意，并且留下了很深的印象。'好，'他说，'非常好，你会喜欢我们的山的，它们非常漂亮，是世界上最漂亮的山。现在打开你的手提箱，好吗？我得看看你的手提箱。'

"比利打开了它，他的心怦怦直跳。

"警察先拿起了铅笔盒，打开了它；然后又拿出了他的睡衣、他的袜子、他其他的衣服，仔细检查。

他把所有的东西都拿了出来，把手提箱里的东西全部倒出来，然后摸了摸箱子的底部，那个假底，手枪藏在下面，用胶带粘在下面，就在他摸索的手指下面。

"那时，时间似乎变慢了，一秒钟像一分钟那么长。最后，他看起来很满意。边防警察说：'你旅行携带的东西很少，欢迎来到德国，希特勒万岁！'

"就这样，比利松了一口气。

"慕尼黑车站到处都是士兵和警察。很多人似乎都穿着制服，甚至一些孩子也穿着制服。到处都是纳粹党徽，有的作为臂章佩戴，有的挂在建筑物上。一支军乐队正在演奏，鼓声和钹的撞击声在车站周围回荡，比利觉得这是战争的鼓声。他越环顾四周，就越能看出这个国家正在为发动战争做准备。这鼓声更加坚定了他内心的想法。

"除非万不得已，否则他不会在慕尼黑待这么久，他能感觉到监视的目光无处不在。他从慕尼黑乘公共

汽车去了山区，他在地图上找到了一个安静的村庄，并在村子里面租了一个房间，离希特勒的房子只有几英里，他希望能够离得远一点，这样不会引起怀疑。

比利知道，重要的是要不引人注目，而这并不容易。他是外国人，是英国人，而且还是个游客。所以从一开始，他只能扮演一个游客的角色，他没有去贝格霍夫附近，每天只是出去散步，坐在他的凳子上，在村庄附近的某个地方画素描，直到每个人都习惯了他的存在。

"即使在晚上，他也会在村里的咖啡馆里埋头画画，抽着烟斗，喝着啤酒。他的速写本上画满了山峰、村民、白雪覆盖的房屋、教堂、鹿、野兔、鹰。当地人很友好，有些人还会不时地请他喝一杯饮料。他们似乎对他的画很感兴趣，村里的那个警察也是。当他们认出那所房子是画的他们自己的房子，或认出那个村民是画的他们自己或家人的时候，他们显然很高兴。他们会公开赞赏他的作品，会试着用蹩脚的英语和他交流。但在咖啡馆的墙上贴着希特勒的照片，照片里的希特勒总是俯视着他。虽然比利尽量不去

看，但每当他不小心看到的时候，他就感觉他们之间

相互熟识。

"现在，比利每天都会出去，在雪地里会走得更

远，每天都离贝格霍夫更近一点，但如果有人看到他，他还是会坐在雪地里的凳子上画画。天空中经常有鹰在盘旋，它们的叫声尖锐而清晰，所以他总有东西要画，也有作品可以在晚上回来时给村民们看。

"他一边看一边画，同时也在寻找最好的时机来完成他的任务，他在从贝格霍夫穿过山谷大约一英里的森林边缘度过了漫长而寒冷的几个小时。这座房子比比利从他在照片中看到的更大、更宏伟、更壮观。这里还有许多的警卫，大多穿着黑色制服。他看到了路上来来往往的车辆，还有许多士兵，但并没有看到希特勒本人的踪影。即使他住在那里，他也不会出去散步。

"比利一边看着老鹰，一边画着它们，他一直在问自己，当时机来临时他会怎么做，他想知道他要等多久，希特勒会不会来。每天晚上，当他坐在酒吧里画画时，他都会偷听，听有没有人提到希特勒。他懂

一点德语，是从上次战争中的战俘那里学来的，不过只会一点，但也够用了，'谢谢''请''给您'，这些简单的话他都会说。在酒吧里，人们经常会提到希特勒。

"大约一周后，有一天晚上，村里咖啡馆里的每个人似乎都在谈论希特勒。他们指着墙上他的照片，声音里充满了一种前所未有的兴奋。有大事要发生了，比利很确定，他来了，他一直等的人已经到了。他的时机到了，是时候了！"

4

"第二天，出去散步时，比利像往常一样带着他的速写本和凳子，他同时也把手枪藏在夹克里。他在树林里躲了几个小时，盼望着希特勒能来散步，但他还是没来。

"云朵在山谷间起伏，很快就笼罩了树木、房屋和山脉。

"一天又一天，比利等待着，可希特勒从未出现。但是，不管云层有多厚，雪下得有多大，也不管他有多冷，他都没有放弃，他只会更加坚定，无论如何都

要坚持到底。在这段时间里，他从来没有怀疑过这样做是否正确。他只是每天想着希特勒到底会不会来，他能不能有机会做他要做的事。他发现，如果集中精力画老鹰，就能打发时间，忘记寒冷，也有助于缓解失落感。

"一天下午，希特勒真的来了，当他来的时候，比利还没准备好。

"他画的那只一直在山峰上空盘旋的鹰，突然改变方向，俯冲了下来，越来越近，它张开利爪，准备猎杀。比利甚至没有注意到那只野兔，直到老鹰无限靠近它，降落在空旷的雪地上，离比利坐着的地方只有几码远。他一生中从未如此接近过一只鹰，当他从惊讶中恢复过来时，他就快速地开始画，他不想错过这难得的时刻。

"然后，在另一个地方，一只狗开始狂吠。老鹰腾空而起，笨拙地飞向空中，野兔无力地被困在它的爪子里。一只狗在雪地里向鹰跳去，奔向比利，这让他毛骨悚然。这是一只巨大的阿尔萨斯犬，它的吠声令人生畏。

"就在这时，比利抬起头，看到了戴着军帽、穿着黑色长外套的希特勒。他离比利还有一段距离，他正在路上闲逛，旁边还有六七个人，都穿着黑色制服，其中两个人手持步枪。一切都发生得太突然了，根本不像比利所预料的那样。但他要保持冷静，恶犬阻止不了他，高高举起的步枪也阻止不了他。他要行动，他必须这么做，这是他一直以来在等待的机会。

"他平静地走出树林，站在白雪覆盖的山坡上，手枪藏在背后，随时准备射击。他在那里等着。在他的脚下，有一摊血迹蔓延在雪地上，那是老鹰猎杀兔子的地方。希特勒和他的士兵还在 100 码外，其中一些人正沿着道路向比利跑过来。比利在等待一个时机，必须近距离，越近越好，他一定不能失手。

"但那只狗一直在靠近，狂吠着，咆哮着。这一刻比利等得太久了。

"他还没反应过来，那只狗就扑到了他身上，把他撞倒在地。

"他平躺在雪地里，狗骑在他身上，它并没有像比利预料的那样咬他，而是舔舐着他的脸。他手里还拿着手枪，紧扣扳机。只要那只狗能从他身上下来，他还是能做到的。但士兵们已经包围了他，太晚了。

　　在最后一刻，他把手枪插进雪里，插得很深，深到不能再深了。然后，他们把狗从他身上拉开，粗暴地把他拖起来。

　　"希特勒就站在那里，站在他面前，看着他的眼睛。比利立刻意识到希特勒认出了他，他们两个人一句话都没有说，只是站在那里，看着彼此，陷入了回忆。比利可以感觉到他的手枪就藏在他脚下的雪中。

　　"两个士兵抓着比利的胳膊，紧紧地抓着他。希特勒挥手让他们放开，然后，他只是点点头，转身走开了。狗在比利的脚边嗅来嗅去，它现在对野兔的血比较感兴趣。比利待在原地，手枪在他脚下，他们把

狗叫走了。然后，他发现自己独自一人在山坡上，看着希特勒走开，就像他 20 年前那样。当他站在那里时，他想着，这一次，他不可能像以前那样有机会开枪射杀他了。"

陌生人停了一会儿，清了清嗓子。

"嗯，差不多就是这样。"他接着说，"比利回到了克里斯蒂娜身边，除了她，他没有告诉任何人他去了哪里，他想做什么。她说，他曾试图做正确的事，但如果他这么做了，那就是错误的。他知道她说的是对的。"

我问他："如果他除了她之外没有告诉任何人，那你是怎么知道的呢？"

他神秘地说："你的孩子真机灵，夫人。比利和我们一样，都是桑树路的小伙子。这就是为什么我把这一切告诉你，孩子。就像我说的，其他人都不知道这个故事，只有我们三个，当然还有比利，他不会介

意你知道的。事实上，我想他应该也希望你能知道我们的故事。"

"都怪那只该死的狗，"妈妈说，"我简直不敢相信，如果它没有把比利撞倒，那么希特勒可能已经死了，战争就可能永远不会发生。我向来不喜欢狗，尤其是阿尔萨斯犬。他们是狼，不是狗。"

"我们都睡一觉，好吗？"陌生人在黑暗中说，"只剩下一根火柴了，别浪费了。不过，我想现在没有它你也能应付过去，我们很快就会离开这里。"

"这是个好故事，先生。"我说，他没有回答。然后我们就去睡觉了，我们三个都睡了，我不知道我们睡了多久。

火车把我们震醒了，过了一两分钟，火车又开动了，然后驶出了隧道。火车司机开得很慢，我想他是怕有什么意外，我从窗户往外看，看看外面还有没有战机。没有了，外面什么都没有，云也散去了，湛蓝的天空一片晴朗。

然后妈妈突然说："他去哪儿了？"

那个陌生人不在了，对面的座位上没有人，妈妈和我面面相觑。"一定是去厕所了。"她说。但陌生人再也没有回来，过了一分钟左右，警卫打开了车厢门。

"到伦敦得晚点了，"他说，"你们在这里还好吗？"

"和我们一起在这里的那个男人，"妈妈说，"你见过他吗？"

"什么人？"警卫说，"我之前进来的时候只有你们两个人，没有别人。"

我想起了那个陌生人放在我们箱子旁边行李架上的帽子。我抬起头，不见了。

"他之前在这里，"妈妈坚称，"他在，不是吗，比利？"

"当然，"我说，"他当然在。"

　　警卫扬起眉毛看着我们，好像我们疯了一样。"随便你怎么说，夫人，我得去工作了。"他走了出去，把门关上了。

　　妈妈和我面面相觑。"他给我们讲了那个故事，不是吗？"我开始说，"关于希特勒的一个故事，他在战争中没有杀死希特勒，他想杀掉他，他带着手枪去了德国，想在山上射杀他，等等。他给我们讲了，不是吗？不只是个梦，对吧，妈妈？"

　　妈妈弯下腰，捡起掉在她脚边的东西。那是一盒天鹅牌火柴，她打开了。里面有四根用过的火柴，还有一根没用过。另外还有一块黑色的小鹅卵石和一枚用过的弹壳。她划亮了火柴。"这是那盒火柴，"她说，"一切都是真的，不是做梦。巴尼，不是做梦！"

第四部分结束

没有火柴了

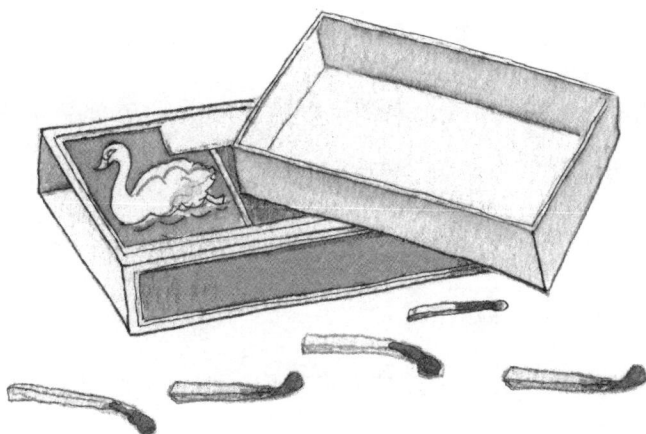

结　语

妈妈和我经过伦敦又到了康沃尔，我们一路上都没有说话。就好像做了一场梦一样，每一个细节都一样。但我们两个都知道，这根本不是梦，那盒天鹅火柴就是证据。

当我们深夜到达梅瓦吉西时，我们迫不及待地告诉了梅维斯阿姨在火车上发生的故事。我们给她看了火柴盒，给她看了布里德灵顿的幸运黑色鹅卵石，还有用过的弹壳。梅维斯阿姨不是个善于倾听的人，但她一直听到最后，她的眼睛也越睁越大。

当我们讲完后，她什么也没说。她起身走到厨房的橱柜前，拿过来一张报纸，平摊在我们面前的桌子上。"今

天早上的报纸，"她说，"看！"

标题是：第一次世界大战中的英雄死于考文垂闪电战。上面还有火车上那个陌生人的照片，照片中的他抬头盯着我们。

妈妈嘴里嘟囔着："威廉·拜伦，维多利亚十字勋章、军事勋章、杰出行为勋章获得者，第一次世界大战中获得勋章最多的二等兵之一，在德国空军对考文垂发动的闪电

战中阵亡。他的妻子克里斯蒂娜是当地一所公立学校的教师，也在这次空袭中丧生。拜伦先生在战争中做救援工作，夜以继日地外出救人，把人们从残垣断壁中解救出来，回家后发现自己的房子被炸毁，他在房屋废墟中寻找妻子时被倒塌的砖块砸死。拜伦先生在考文垂的标准汽车厂工作，享年 45 岁。"

后记

亨利·坦迪是第一次世界大战中一名杰出的士兵。在他的英雄光环下隐含着一个故事，如果这个故事是真的，那就是历史上最重要的事件之一。在一个关键时刻，任何一个决定都将永远改变历史的进程。

亨利生于1891年，父亲是石匠，母亲是洗衣工。亨利的父亲詹姆斯与他那富有的祖父发生过激烈的争吵，在此之后，这个家庭陷入了困境。据说，詹姆斯的脾气很坏，可能是因为酗酒。亨利在孤儿院待过一段时间，但不知道具体原因。

亨利成年时体重只有 119 磅^①，身高 5 英尺^②5 英寸^③。也许是为了逃离家庭，或是为了逃避利明顿酒店烧锅炉的工作，又或是想去尝试新鲜事物，1910 年，他去参军了。我们无法知道这其中的原由，因为亨利没有相关的文字记录。即使他给家里写过信，现在也无影无踪了。我们对他的了解均来自报纸采访、报道和他的获奖记录。

他最初是格林·霍华德团的一名二等兵，该团于 1914 年 10 月参加了伊普尔战役。10 月 20 日，在换防时，该团 1000 人中有 700 人死亡或重伤。与此同时，亨利也从炮火中救出了一些伤员，他说："太幸运了，我们把伤员都救回来了。"

---

① 磅：英制中的重量单位，1 磅合 0.4536 千克。
② 英尺：英制中的长度单位，1 英尺合 0.3048 米。
③ 英寸：英制中的长度单位，1 英寸合 2.54 厘米。

到 1918 年夏末，亨利已经三次受伤，他的事迹在军队中广为流传。此后，在六个星期之内，亨利在不同的行动中获得了三个最高英勇奖，他的英雄事迹对一名士兵来说是空前绝后、无与伦比的。

他最先获得的是杰出行为勋章。他曾负责一个预备轰炸队，当他前面的士兵被德军的火力挡住时，他带领两名士兵来到了敌人的后方。他们冲进枪林弹雨中，俘虏了 20 名敌方士兵。后来，他因"表现出伟大的英雄主义和忠于职守"获得了军事勋章。他冒着猛烈的炮火冲了出去，把一个受了重伤的人背了回来，还救了另外三个人。第二天，他还自告奋勇地领导了一次进攻。

一名德国军官近距离向他开枪，但没打中。他不顾危险，把敌人赶走了。

1918 年 9 月 28 日，亨利获得了英国最高军事勋章——维多利亚十字勋章，以表彰他在战争中的英勇表现。近 900 万英联邦人民都曾在第一次世界大战中服过役，但只有 628 名被授予了维多利亚十字勋章，且获得者大多数是军官。他所在的排在试图通过运河上的一座木桥时，遭到了机枪的袭击，亨利匍匐前进，在枪林弹雨中换下破损的木板，带路过去击退了敌人。后来，在被重重包围和寡不敌众的情况下，他带领 8 名士兵发起了冲锋，打败了 37 名德国士兵。

他在威灵顿公爵团的新营中获得了三次英勇奖。一位高级军官跟亨利说，单凭这些奖励已经无法证明他的勇敢了，因为他已经获得了所有的英勇奖。

战争结束后，亨利选择继续留在军队里。他曾被提拔为一等兵，但在他自己的强烈要求下，又恢复了二等兵，这其中的原因我们也不太清楚。

1926 年，他搬回利明顿，过着平凡的生活。在接下来的 38 年里，他在标准汽车厂工作。在第二次世界大战期间，他在军队中担任征兵军官，并在考文垂担任消防官员。他结婚了，但没有孩子，于 1977 年 12 月去世。

在第一次世界大战的西线战场上，亨利的步枪是否瞄准了受伤的希特勒，我们无从知晓。亨利回忆道："我瞄准了他，但不忍心杀死一个受伤的人，所以我让他走了。"

1923 年，格林·霍华德军团委托福图蒂诺·马塔尼亚创作了一幅画作，希特勒有这幅画作的复制品。亨利就出现在这幅画中，他肩上还扛着一位受伤的战友。

1938 年，希特勒告诉英国首相亚瑟·内维尔·张伯伦，他为什么会有亨利的画像："那个人差点杀了我，我以为我再也见不到德国了。要不是上帝保佑，我不可能从那群年轻的神枪手手下活着回来。"希特勒让张伯伦向亨

利转达他的谢意，亨利的反应是："根据他们的说法，我
应该见过希特勒。也许他们说的是对的，但我不记得了。"

1940 年，德国军队轰炸考文垂，亨利努力从废墟中救
出人们。媒体引用他的话说："我无法去射杀一个受伤的
人，但如果我知道这名士兵未来会变成什么样子，我一定
会开枪击毙他。"

有些人会质疑希特勒，在战场上隔得那么远，他怎么能

准确认出他那满身尘土的"救世主"。20年后，他还记得他的脸，这可信吗？但是，如果一名英国士兵在希特勒受伤时确实饶了他一命，从希特勒的角度来看，还有谁比这名获得过最高荣誉的英国士兵更适合写入他的传奇人生呢？

这个故事一直被当作事实口口相传，但也经常有人否认，但二等兵亨利·坦迪将永远与"没有射杀希特勒的士兵"的标签联系在一起。

极|光 国际儿童文学经典
——以文学之光，照亮你所未见的世界

遇见虎灵的女孩
一个执意守护外婆的勇敢女孩，一场扣人心弦的奇幻成长冒险。
当一个人足够坚强时，他的心中就可以容纳不止一种真相，一种结局。
作　　者：[美] 泰·凯勒
译　　者：王仪筠
出版时间：2022 年 6 月

胡桃木小姐
一个以苹果木树枝为身、山胡桃木为头制成的娃娃的冒险故事。
懂得什么是自己真正需要的、怎样做能快乐，才是真正重要的事情。
作　　者：[美] 卡罗琳·舍温·贝利
译　　者：木之
出版时间：2023 年 3 月

银顶针的夏天
一个小姑娘在乡间捡到一枚银顶针后，发生的一连串幸运、神奇的故事。
每一天都像一场新的冒险，每个童年都有一个快乐的夏天。
作　　者：[美] 伊丽莎白·恩赖特
译　　者：谭清桐
出版时间：2023 年 3 月

换挡人生
一个在温暖亲情的陪伴下学会认同、勇敢面对生活变化、乐观活出自我的成长故事。
总有一份毫无保留的爱，支撑我们走过人生的每一次波折。
作　　者：[古巴] 梅格·梅迪纳
译　　者：木之
出版时间：2023 年 6 月

少年戴维和猫
爱不是控制或改变对方。
一个叛逆少年通过猫咪走出自我世界，学会理解他人、与亲人和解的成长故事。
作　　者：[美] 埃米莉·切尼·内维尔
译　　者：尹楠
出版时间：2024 年 1 月

走过两个月亮
一个学会理解亲人、勇敢面对告别、寻找人生真义的成长故事；
一部在故事中讲故事、让人笑过之后掩卷沉思、值得一读再读的经典。
作　　者：[瑞士] 莎伦·克里奇
译　　者：陈水平
出版时间：2023 年 1 月

城堡镇的蓝猫
一只在蓝色月光下出生的蓝猫，一首包含各种美好的情感的《大河之歌》。一个富有想象力、充满诗意的故事。财富和权力不是生活的全部，美好的信念才是最该坚守的东西。
作　　者：[美] 凯瑟琳·凯特·科布伦茨
译　　者：木之
出版时间：2023 年 3 月

花颈鸽
一只信鸽的训练和历险故事，一场与大自然的狂风暴雨及猛禽的殊死搏斗。
关于战争时期勇气和救赎的沉思，传递勇气和爱。
作　　者：[美] 达恩·葛帕·默克奇
译　　者：王淑允
出版时间：2023 年 3 月

苏菲的航海日记
一段六个人的海上冒险旅程，汹涌的大海冲刷了一切悲伤，所有人都在抵达目的地时找回了自己。
勇敢挑战，乐观生活，每个人都可以在这个世界找到自己的位置。
作　　者：[瑞士] 莎伦·克里奇
译　　者：陈水平
出版时间：2024 年 1 月

了不起的吉莉
每个孩子都是身披荣耀之云而来，即使成长难免遭遇困境，也要学会坚强、用爱去包容一切。
一个高智商女孩逃离各种收养家庭，最终学会爱与被爱的成长故事。
作　　者：[美] 凯瑟琳·佩特森
译　　者：吕立松
出版时间：2024 年 5 月

最后的亚美尼亚女孩

一个女孩在战争磨难中坚强求生、不放弃希望和梦想的故事。
无论经历了什么，只要活着，一切都有可能，阳光灿烂的日子终将到来。
作　　者：〔美〕大卫·赫尔典
译　　者：冯萍
出版时间：2024 年 11 月

金篮子旅店

一间充满温情的旅店，让旅途中的一切都变得有趣又美好。
寻常的景色，因你的想象力，而变得与众不同。
作　　者：〔美〕路德维格·贝梅尔曼斯
译　　者：潘华凌
出版时间：2024 年 11 月

吹号手的诺言

一个关于守护和承诺的故事，一个能给孩子带来心灵启迪的传奇。
有些人认为诺言"一文不值"，有些人却在用生命守护和捍卫。
作　　者：〔美〕埃里克·凯利
译　　者：高琼
出版时间：2024 年 11 月

亲爱的奥莉

一只勇敢的燕子，克服万难从欧洲飞向非洲，给朋友和家人带来了思念和力量。
一个关于高尚和勇气的故事。
作　　者：〔英〕迈克尔·莫波格
绘　　者：〔英〕克里斯蒂安·伯明翰
译　　者：吕立松
出版时间：2023 年 1 月

蝴蝶狮

一段关于动物与人、孤独与爱、守护与温暖的传奇故事。
一个男孩与一只小白狮跨越种族、地域、战火，甚至跨越了生死的永恒友谊。
作　　者：〔英〕迈克尔·莫波格
绘　　者：〔英〕克里斯蒂安·伯明翰
译　　者：马爱农
出版时间：2023 年 1 月

影子

男孩阿曼母子和嗅探犬"影子"互相拯救的故事。
战争可以摧毁房屋和生命，但摧毁不了人与人之间的善意和爱！
作　　者：〔英〕迈克尔·莫波格
绘　　者：〔英〕克里斯蒂安·伯明翰
译　　者：陈水平
出版时间：2023 年 1 月

牧牛马斯摩奇

一个触动人心的传奇故事。
斯摩奇是一匹永不言弃的马，只要心脏没有停止跳动，它就会坚持到底。
作　　者：〔美〕威尔·詹姆斯
译　　者：曹劾南
出版时间：2024 年 11 月

驼鹿汉克

一个温暖心灵的幽默故事。
积雪消融，万物复苏，汉克终于在比瓦比克找到了自己的家。
作　　者：〔美〕菲尔·斯通
译　　者：王芬芬
出版时间：2024 年 11 月

灯塔守护者

孤独、执着的灯塔守护者与落难海上的男孩相识、相交，彼此温暖一生的故事。
愿每个孩子都能心怀希望，以坚定的信念过自己想要的人生。
作　　者：〔英〕迈克尔·莫波格
绘　　者：〔英〕本吉·戴维斯
译　　者：山风
出版时间：2021 年 8 月

斗士帕科

男孩与公牛相伴成长，他们是亲密的朋友，精神的伙伴。一个关于爱与救赎的故事。
让孩子学会在逆境中成长，学会热爱生活，拥有爱、善良和希望。
作　　者：〔英〕迈克尔·莫波格
绘　　者：〔英〕迈克尔·福尔曼
译　　者：付添爵
出版时间：2023 年 1 月

猫王子卡斯帕

巨轮"泰坦尼克号"上唯一幸存的猫咪，卡斯帕跌宕起伏的一生，有爱亦有离别。
作　　者：〔英〕迈克尔·莫波格
绘　　者：〔英〕迈克尔·福尔曼
译　　者：君米
出版时间：2023 年 1 月

花园里的大象

炸弹爆炸时，一家人带着大象玛琳开始逃难。
充满意想不到的冒险和困难的逃难之路，一本关于爱和善良的文学经典。
作　　者：〔英〕迈克尔·莫波格
绘　　者：〔英〕迈克尔·福尔曼
译　　者：付添爵
出版时间：2023 年 1 月

比利的勇敢之心

在关键时刻，任何一个微小决定，都有可能改变历史的进程。

作　者：[英]迈克尔·莫波格
绘　者：[英]迈克尔·福尔曼
译　者：付添爵
出版时间：2024 年 12 月

特别的女生萨哈拉

一位老师用爱启迪心灵，帮"特别学生"点亮写作梦想，完成内心成长的故事。
每个人都是特别的，都需要被理解和尊重。

作　者：[美]爱斯米·科德尔
译　者：陈水平
出版时间：2019 年 5 月

云雀与少年

一部跨越年龄界线、荡气回肠的感人小说。
一首关于亲情、友情与自我成长的生命赞歌。

作　者：[英]希拉瑞·麦凯
译　者：吕越平
出版时间：2020 年 6 月

孤儿列车 少儿版

列车载着孩子们一步步驶向未知……用爱与勇气，接受生活赐予的一切悲欢。

作　者：[英]克里斯蒂娜·贝克·克兰
译　者：胡绯
出版时间：2020 年 11 月

大象的秘密

一个关于单亲社交恐惧症女孩和 11 头大象一起生活的感人故事；
一部探讨克隆技术与人与自然关系的大象版《侏罗纪公园》！

作　者：[加]埃里克·沃尔特斯
译　者：莫红娥
出版时间：2021 年 1 月

小夜子的秘密

让人满噙泪下的心灵成长治愈小说。
年少的我们都很脆弱，但我们仍然要有不怕触及内心的勇气。

作　者：[日]村上雅郁
绘　者：[日]柏井
译　者：韩丽红
出版时间：2021 年 4 月

最后的精灵

让我们笑过之后重新领悟"命运"的含义：我们的命运就是我们的人生，是我们希望要怎样，不该是别人的梦想。

作　者：[意]希瓦娜·达玛利
译　者：景翔
出版时间：2021 年 5 月

穿条纹衣服的男孩

一个发生在战争时代的悲剧故事。
一道隔离生死的"篱笆"，引发一个发人深省的"童话"，用纯真的双眼，看尽残酷的世界。

作　者：[爱尔兰]约翰·伯恩
绘　者：[英]奥利弗·杰夫斯
译　者：李亚飞
出版时间：2021 年 5 月

忠犬八公

温馨动人的故事，不变的忠诚与守候。
在二月的雪、四月的雨和十一月的风中，八公一等就是十年……

作　者：[美]帕梅拉·S.特纳
绘　者：[法]扬·纳欣贝内
译　者：尹楠
出版时间：2021 年 9 月

而我只有你 少儿版

一首送给幻想和童年的赞歌，一则逐梦宣言，鼓励孩子勇敢地对他人的定义说"不"。
愿每个孩子都能拥有成长中的内在力量，有足够的勇气在跌倒后重新爬起来。

作　者：[法]让-巴普蒂斯特·安德烈
译　者：陈潇
出版时间：2021 年 10 月

第五泳道

挫折教育是成长中的必修课，学会失败才能更好地走向成功。
十三岁游泳队少年们校园生活的酸甜苦涩，聚焦每一个小学生身体与心理的成长岔路口。

作　者：[韩]银昭智
绘　者：[韩]卢仁庆
译　者：林佩君
出版时间：2021 年 12 月

大森林里的小木屋

一个温暖有爱的家庭，无论环境多么恶劣，都洋溢着幸福的味道。

作　者：[美]劳拉·英格斯·怀德
译　者：马爱农
出版时间：2023 年 3 月

小书房

寻找消失的神殿，探访海上的夯岛，漫步于美丽的玫瑰花园，游走于伦敦古老神秘的街道……

一个充满趣味的、天马行空的、令人惊叹的暖心故事。

作　者：〔英〕依列娜·法吉恩
译　者：马爱农
出版时间：2023 年 3 月

宇宙的线索

"不完美"的友谊带给我们前进的力量，坚持的心会创造奇迹。

作　者：〔美〕克里斯蒂娜·李
译　者：曼青
出版时间：2023 年 8 月

穿越 500 公里的奇迹

红色真菌遍布，为了与亲人团聚，两个孩子和五只狗在危机四伏的环境中完成一场跨越千里的远行。

懂得爱与责任，拥有强大内心，就能勇敢面对一切生活的波澜。

作　者：〔澳〕布伦·麦克迪布尔
译　者：木之
出版时间：2024 年 1 月

完美如 8

一个患有轻微强迫症的数学天才马尔特，在亲情与友情的陪伴下，他渐渐意识到：数字和逻辑无法掌握生活中的一切，爱与相互帮助也非常重要。

作　者：〔德〕尼古拉·胡珀茨
绘　者：〔德〕芭芭拉·荣格
译　者：朱显亮
出版时间：2024 年 1 月

灵犬莱西

没有什么可以阻挡一只忠犬回家的步伐!

一只狗的冒险，一段跋涉一千英里的伟大旅程，一个关于爱与忠诚的永恒故事。

作　者：〔英〕埃里克·奈特
译　者：曼青
出版时间：2024 年 2 月

万物之光

两个孩子一个像风暴、一个像海洋，从彼此讨厌到互相理解、信任，以爱和希望接受新生活的故事。

爱就像一束光，所照之处万物生长。

作　者：〔英〕卡蒂娅·巴伦
译　者：吕立松
出版时间：2024 年 5 月

荒桥之家

四个孩子以桥为家，拾荒求生，勇敢守护家人和自由的故事。

爱与失去、绝望与梦想都在这里相遇，被称为少儿版《追风筝的人》，改变孩子世界观的当代经典。

作　者：〔印〕帕德玛·文卡特拉曼
译　者：陈水平
出版时间：2024 年 7 月

草叶之图

三个孩子为了寻找植物的秘密，沿河而上，一起追寻正义和真相的故事。

植物会轻声细语，会一直为那些倾听的人而存在。

作　者：〔英〕雅柔·汤森德
译　者：李思琪
出版时间：2024 年 10 月